아들의 답장을 기다리며

아들의 답장을 기다리며

자폐인 아들과

좌충우돌 살아가기

채영숙 지음

꿈꿀자유

차례

1부

차라리 아이를 데려가세요, 하나님!

천사 엄마? NO, 전사 엄마

3부

호민이는 성장 중

4부

함께 자라나는 아이들

5부

어울려 살아가는 길

6부

땅만 보며 무작정 한 발짝씩

과거로부터 온 미래의 편지

언제 호민이네 언니의 글을 처음 읽었는지는 기억이 나지 않는다. 아마도 승기가 초등학교를 가기 전, 날밤을 새며 자폐에 대한 정보를 찾아다니던 시절이었을 것이다. 온라인공동체에서 서늘하고 너무 직선적인 언니의 글을 처음 보았을 것이다. 무척 궁금했다. '이 엄마는 어떤 사람이길래 이런 글을 열어 보이는 걸까?'

'이런 글'이란 알몸으로 사람들 앞에 선 것처럼 숨김없는 날 것에 붙인 감탄사였다. 남의 말 하기 좋아하는, 편견 많은 사람들은 신기한 듯, 재미있는 듯 자폐를 가진 낯선 아이와 그 부모를 쳐다볼 것이 분명했다. "뭐가 챙피한데, 우리 삶이 어때서! 뭐꼬!"라는 목소리로 그 시선을 부끄럽게 하는, 아랑곳하지 않는 씩씩하고 아름다운 글이었다. 그래서 더 아프고 시린 글이었다. 언니와 아들의 사진이 떡억하니 찍힌《아들의 답장을 기다리며》라는 책이 나왔고 그 삶을 자세히 보여주는 다큐멘터리도 나왔다. 그 시절에 '호민엄마'는 꽤 유명세를 탔다.

그 시절이었는지 그 후 한참 뒤였는지 모르겠다. 극성맞은 나는 겁도 없이 어린 두 아이를 데리고 서울에서 부산까지 오가며 온라인 안에서 만난 장애가족을 만나곤 했다. 나와 닮은 사람들, 나의 아이와 닮은 아이들이 어떻게 살고 있는지 그 '꼴'을 직접 보고 싶었다. 언니는 선선히 반기며 우리를 만나주었다. 호민엄마는 글을 똑닮은 진한 갱상도 사투리를 쓰는, 수수하고 뜨거운 사람이었다. 그 후로도 가끔 전화를 나누었고 버스 대절을 해서 애들과 대정부 시위하러 온 '무서운 엄마들' 무리에 섞인 언니를 보려고 벚꽃 필 때 여의도까지

간 적도 있다. 기억해보면, 만날 때마다 매번 울고 답답한 현실에 대해 성질나는 일에 대해 이야기를 나누었던 것 같은데, 어쩐지 그냥 위로받고 기쁜 기억만 남은 것 같다.

바쁘고 고단하던 시절에 언니와의 인연을 이어갔던 이유는 무엇이었을까. 호민이는 승기보다 나이가 많고 승기보다 많이 순하고 승기보다 조금 느린 자폐청소년이었다. 언니의 글은 언제나 자신이 살고 있는 작은 동네에서 학교를 보내고 아이를 키워가는 엄마의 모습일 뿐이었다. 어쩌면 책 제목이 오랫동안 나를 붙잡고 있었는지도 모른다. '아들의 답장을 기다리며'. 과연 호민이는 엄마에게 답장을 할 수 있을까, 언니는 어떤 답장을 받게 될까. 힘든 세상에서 가능치 않아 보이는 희망을 꿈꾸는 나의 모습을 언니를 통해 미리 보았다.

오랜 시간이 지나 높은 산을 넘고 깊은 계곡을 건너며 폭풍우가 끝나고 내 바다 앞에 가서 선 날, 나는 비로소 언니에게 이렇게 말했다. "언니, 이제야 호민이가 자기의 삶을 통해 언니에게 매일 매일 답장을 쓰고 있었다는 걸 알겠어요!" 그 말을 하고서야 나 역시 승기의 답장을 매일 받고 있었음을 알게 되었다.

성장의 터널을 지나는 동안 과연 이 터널이 끝나기는 하는 건지 알 수 없었던 것 같다. 지독한 어둠 속에서 의심과 두려움이 점점 심해졌고, 나 자신에 대해서도, 주변에 대해서도, 자녀에 대해서도 전혀 희망을 품을 수 없었다. 나를 조금 더 낙망시킨 것은 어려움을 가진 이 아이들이 계속 태어날 것이고, 계속 세상에 부딪치고 실패하고 상처가 날 것이라는 점이었다. 낯설고 척박한 환경이 견고하게 느껴질수록 자녀를 힘껏 지키겠다는 부모의 조바심은 여전할 것이라는 점이었다. 나는 아무 일도 할 수 없는 것처럼 느껴졌다.

그래서 나는 호민언니에게 빚을 졌다는 느낌이다. 가장 어려운 순간에, 아무런 빛도 발견하지 못할 때, "별거 아니야! 뭐 어때!"라는 목소리가 들려서, 가슴이 찢기는 통증을 호소하며 엉엉 우는 그 소리를 따라서 어두운 터널을 빠져나왔다. 그리고 그렇게 내 삶과 내가 배운 걸 가지고 비로소 나는 부모들을 돕는 사람이 될 수 있었다. 이런 서툰 글이 추천사가 될지는 모르겠다. 그저 이 책을 읽는 가족과 교사와 관심 가진 이들이 언니의 조근조근한 목소리를 통해서 우리 아이들과 부모의 삶이 끔찍하기만 한 것이 아님을, 매일 감사하고 천천히 자라갈 수 있음을 알게 되면 좋겠다. 이 아름다운 글이 잊히지 않고 다시 세상에 나올 수 있어서 너무 감사하다.

이경아
도닥임아동발달센터장
특수교육학박사
청소년상담, 가족상담 전문가
특수교육대학원 강사
한국자폐인사랑협회 온라인상담실 운영위원
전)한국장애인부모회 부회장

숨겨진 절판을 찾아서

　

다행이다.

《아들의 답장을 기다리며》가 다시 독자들과 만날 수 있게 되었으니 말이다.

채영숙 선생님을 처음 만난 것은 《자폐의 거의 모든 역사》 벽돌책 읽기 모임에서였다. 마지막 모임이 끝나고 선생님이 올려주신 두 장의 사진. 한 장은 아드님이 초등학교 고학년쯤 되었을 때 함께 찍은 사진이었고, 다른 한 장은 이 책의 주인공인 호민씨와 채영숙 선생님이 바닷가 노란 파라솔 의자에 앉아 있는 모습을 담은 사진이었다. 선생님의 환한 웃음과 호민씨의 늠름한 모습을 보면서 내가 만나고 있는 아이들도 저렇게 크면 좋겠다는 생각을 했다.

그 인연으로 2003년에 출판된 《아들의 답장을 기다리며》라는 책과 만나게 되었다. 사진 속 편안하고 늠름하게만 보였던 호민씨에게도 엄마를 당황시켰던 어린 시절이 있었고, 유머와 여유를 장착하고 우리를 따뜻하게 품어주시던 채영숙 선생님께도 고민하고 힘들어하던 시절이 있었음을 알게 되었다. 친구들과 함께 잘 등교하는 줄만 알았던 호민씨가 친구들에게 괴롭힘을 당한 걸 알게 되었을 때는 나도 같이 속상해서 화가 났고, 호민씨에게 아이가 잘못해서 혼을 내거나 벌을 세운 다음에는 반드시 함께 기도하는 모습을 보면서 나의 육아를 되돌아보기도 했다. '대~한민국! 메~디덴탈'이라며 호민씨 놀리는 부분에서는 채영숙 선생님의 짓궂은 모습이 떠올라 미소가 지어졌다. 울다가 웃다가 나의 모습을 돌아보며 읽다 보니 앉은 자리에서 다 읽어버렸다. 다 읽고 나서 얼마나 아쉬웠던지...

이 책이 다시 세상에 나와서 참 다행이다. 나만 읽기 아까워서 sns에 '숨겨진 절판을 찾아서'라는 제목으로 돌려읽기를 했다. 그 책은 광주에도 갔다가 안동에도 샀다가 부산에도 갔다가 서울로 다시 왔다가 대전에도 가고, 다시 인천으로 전국 방방곡곡을 다니며 사람들에게 온기를 전해줬다. 이제는 각자 자신의 책꽂이에서 읽고 싶을 때마다 위로 받고 싶을 때마다 꺼내 읽을 수 있게 되었으니 얼마나 다행인가?

유아기, 학령기, 사춘기 자녀를 키우고 있는 부모님들에게는 좋은 길잡이가, 교사들에게는 유머와 여유, 사투리로 풀어내어 날카롭진 않지만 현실을 바라보게 하는 위로와 공감의 이야기가 듬뿍 담겨있다. 20년 만에 새로 태어나는 책의 첫 독자가 되어 무척 행복하다.

이종필
초등학교 특수학급 교사
《특수교사 교육을 말하다》, 《교사 통합교육을 말하다》 공저자

1부

·

차라리 아이를 데려가세요, 하나님!

슬플 때 웃고
기쁠 때 우는 아이

요즘 아이들은 두 돌만 되어도 종알종알 말을 잘한다. 좀 늦되다 싶은 아이들도 세 돌이 되기 전에 제 의사를 말로 똑똑히 표현할 줄 안다. 못하는 말이 없을 정도다. 난 지금도 그런 아이들을 보고 있으면 신기해서 눈을 뗄 수가 없다. 어떻게 저 조그만 입에서 말이 나올까.

호민이가 다섯 살 때였던가, 아이와 버스를 타고 어디를 가던 중이었다. 앞자리에 서너 살쯤 된 어린아이와 엄마가 앉아 있었다. 아이는 "엄마~ 엄마~" 부르며 쉴 새 없이 질문을 하고 엄마는 일일이 대답해주고 있었다. 호민이는 끽끽 이상한 소리를 내며 사람들의 시선을 끌었다. 엄마와 얘기하던 그 꼬마가 호민이 흉내를 내자 아이의 엄마가 눈을 흘기며 우리를 처다봤다. 나는 눈짓으로 미안하다는 뜻을 전했다.

그 순간 '내가 왜 저 사람들한테 미안해하지? 내가 뭘 잘못했는데? 호민이 때문이라고? 그럼 내가 이 아이를 낳은 게 잘못인가? 아이의 장애가 내 탓이란 말인가?' 끊임없이 밀려드는 내 물음에, 내 설움에 눈물이 났다. 중간에 버스에서 내려 한참을 걸었다. 말 못하는 내 아이가 가엾고, 언제나 엄마소리 한번 들어보나 하는 내 연민에 참았던 눈물이 걷잡을 수 없이 쏟아졌다. 호민이는 엄마가 우니까 불안해서 또 킬킬 웃었다. 엄마는 울고 아들은 웃고, 이런 코미디가 또 어디 있을까. 그날 저녁에도 기도를 했다.

'제발 이 아이를 데려가세요. 하나님!'

호민이는 다섯 살이 되어서야 겨우 필요한 물건이 제 손이 닿지 않는 곳에 있으면 엄마 손을 잡아끌어 도움을 청했다. 냉장고 안의 요구르트나 음료수가 마시고 싶으면 나를 냉장고 앞에다 데려다 놓고 망부석처럼 가만히 서 있었다. 아이가 원하는 게 뭔지 알아차리는 건 내 몫이었다. 그런데 그런 일도 며칠에 한번 있을까 말까였고, 욕구가 채워지지 않으면 마냥 울어댔다. 하루 종일 호민이 울음소리의 이유를 찾아내느라 동분서주했지만, 알아내기보다는 끝내 모르고 넘어가는 일이 더 많았다.

언어로도 몸짓으로도 의사 표시를 거의 할 수 없었던 호민이는 매일 울음으로 자신의 모든 것을 표출했다. 낮에 제 욕구가 무시됐거나 양껏 채워지지 않은 날이면 어김없이 밤중에 깨어 울었다. 새벽 두세 시에 일어나 두 시간이 넘도록 지치지도 않고 울어댔다. 나는 아이가 울 때마다 엄마로서 아이의 답답한 마음도 헤아려주지 못한다는 자괴감에 가슴이 찢어졌다. 때로 미안하고 속상한 마음이 넘치면 우는 아이에게 그만 그치라고 소리를 바락바락 지르거나, 한참을 달래도 그치지 않으면 침대에 엎어놓고 엉덩이를 사정없이 때린 것도 여러 번이었다. 그러면 아이는 더 크게 더 오래 울었지만 이미 이성을 잃은 나는 우는 아이를 혼자 두고 방을 나와버리기까지 했다. 그때는 하루에도 몇 번씩 왜 살지? 왜 살아야 하지? 대답 없는 질문을 되뇌었다.

밤새 우는 아이와 씨름을 하다 보면 어느새 새벽이 되곤 했다. 울다가 지쳐 잠든 아이를 바라보노라면 눈물이 왈칵 솟았고, 나도 모르게 또 이런 기도를 하게 되었다.

'지금 아이를 데려가세요, 하나님! 저렇게 답답한 가슴으로 평생을 살아야 한다면, 정말로 그래야 한다면, 어릴 때, 세상에서 덜 상처받았을 때, 해맑은 웃음이 조금이라도 남아 있을 때, 지금 데려가 주세요!'

호민이에게는 울음과 마찬가지로, 웃음도 지뢰였다. 잘 놀다가도 난데없이 울어젖혀서 그 이유를 감 잡을 수 없게 하는 것처럼, 웃음도 아무 때고 폭발해서 주위사람들을 어리둥절하게 만들었다. 울음이든 웃음이든 스스로 통제하지 못하는 것이 문제였다.

불안하거나 뭔가를 반복해서 강요당했을 때 거부의 표현으로 웃음을 터뜨린다는 것을 나중에 알았다. 웃음은 일단 발동이 걸리면 사나흘간 계속되었다. 주의를 주거나 간섭을 하면 일주일도 더 지나야 그쳤다. 아이는 불안했던 기억이 떠오를 때마다 킥킥 웃었다.

밥 먹다가 웃음이 터지면 밥알을 온 식탁에 쏟아내서, 다른 사람도 밥을 못 먹게 만들었다. 기차 안에서 웃음이 터지면 종착역에 닿도록 그칠 줄을 몰라, 여독에 지친 사람들의 단잠을 방해하기 일쑤였다.

남들의 시선이 다소 부담스럽긴 해도 여러 사람이 있는 공간에서 터지는 웃음은 차라리 견디기 쉬웠다. 집에 호민이와 단 둘이 있을 때 예고 없이 시작되는 아이의 웃음은 내 인내심을 고갈시켰다. 곁눈질로 엄마를 힐긋힐긋 쳐다보며 낄낄 웃다가 내가 애써 무심한 척 딴청을 부리면 그게 또 불안해서인지 더 크게 웃으며 데굴데굴 방바닥을 굴렀다. 그러다가 어느 순간 내 인내심의 한계가 오면, 웃는 아이를 붙들고 등이고 엉덩이고 사정없이 패주기도 했다.

시어른 생신이라 시댁에 갔을 때였다. 호민이는 친가에 들어서자마자 웃기 시작해서 하루 종일 웃다시피 했다. 아이가 어른들 앞에서 계속 킬킬거리고 다니자, 아버님은 그만 웃으라고 호통을 치셨다. 아이는 할아버지한테 혼이 나자 불안해서 더 크게 웃으며 집안을 뛰어다녔다. 혼내면 더 오래 웃는다고 여러 번 말씀을 드렸는데도 참아주시지 못한 아버님이 야속했다. 나는 웃는 아이를 방으로 끌고 들어가 문을 닫아걸고 실컷 두들겨 팼다. 평소에 아이 문제로 내색 한번 않던 어른들이었는데 오죽하면 그러셨을까 싶으면서도, 가족들조차 아이를 이해하지 못하는 현실이 막막하고 서러워 한참을 울었다.

어떤 이들은 우리를 위로하려고 이런 말들을 했다.

"아이를 하나님의 선물이라고 생각하세요. 축복의 선물."

"선물이라고요? 받는 사람이 부담스러운 것도 선물이라고 할 수 있나요? 그건 선물이 아니라 짐이지요, 아주 무겁고 부담스러운 짐 말이에요."

또 어떤 이들은 이렇게 말했다.

"위를 보지 말고 아래를 보세요. 당신보다 더 큰 상처를 가진 사람들이 얼마나 많은데요. 아이가 이만하길 다행이라 생각하세요."

"이런 말이 있지요. 남의 팔 하나가 잘려나가는 것보다 내 손톱 밑에 든 가시가 더 아프다고요. 내 아이보다 힘든 아이들 많지요. 그러나 내겐 내 아이의 장애가 더 고통스럽고 아프답니다. 왜냐고요? 엄마니까... 나는 이 아이의 엄마니까."

내 아이가 감당할 수 없는 짐같이 여겨질 때도 많았고, 사람들의 위로와 충고가 듣기 싫어서 고립을 자처한 적도 많았다. 아이로 인해서 사람들한테 상처받고 거부당했을 때의 좌절감, 엄마로서 아이한테 해줄 게 아무것도 없다는 막막함이 나를 자주 무기력증에 빠뜨렸다.

그때는 울다가 웃다가 도저히 이해할 수 없는 행동을 하는 아이와 집안에 있는 게 자신 없어서 밤늦도록 집에 들어가지 못하고 동네를 쏘다닌 적도 많았다. 아이가 밉거나 싫어서가 아니었다. 그랬던 건 정말 아니다. 말 한마디 못해서 울고 웃는 것으로 제 모든 감정을 드러낼 수밖에 없는 아이가 가엾고, 기쁠 때 웃고 슬플 때 울지 못하는 아이가 불쌍해서 견딜 수가 없었다. 그래서였다. 아이를 데려가 달라고 한 것은...

왜 호민이만
낳았냐고요?

왜 하나만 낳았느냐고 묻는 이들이 있다. 부모가 늙거나 세상을 떠난 뒤의 호민이를 생각해서라도 형제가 있어야 한다고들 말한다. 나 역시 장애아와 비장애아를 함께 키우는 가정에서 비장애인 형제가 장애를 가진 형제를 부모 못지않게 잘 돌보는 것을 보면 부러울 때도 많다. 더러는 아직 늦지 않았으니 동생 하나 낳으라는 충고를 듣기도 한다. 가끔 조심스레 이렇게 물어오는 사람들도 있다.

"호민이가 장애아라서 더 낳지 않았군요?"

"아니에요, 우리도 힘닿는 데까지 아이를 낳았어요."

결혼 후 아이를 셋이나 낳았지만 우리 부부에게 남아있는 아이는 호민이 하나뿐이다.

첫아이는 정상 분만을 했지만 끝내 보지 못했다. 집에서부터 하혈이 심해서 병원에 도착했을 때는 이미 손 쓸 도리가 없다고 했다. 임신 8개월에 사산을 한 것이다. 병원에서는 분만실로 가기 전에 내 눈에 안대를 해주었다. 나는 속으로 다른 산모들도 눈을 가리고 아기를 낳나 보다 했는데, 의식이 없는 아기를 내게 보여주지 않으려는 병원 측의 배려였다는 걸 나중에야 알게 되었다. 간호사를 겨우 졸라서 아들이라는 얘기만 들었다. 시어른들이 병원에 계시면서 모든 일을 수습하셨고, 이후로 지금까지 가족 중 그 누구도 그때 일을 얘기하지 않아서 세월 속에 묻힌 이야기가 됐다.

호민이가 다섯 살 되던 해에 계획에도 없던 임신을 했다. 임신이라는 걸 알았을 때 마냥 기뻐할 수만은 없었다. 천지를 모르고 뛰어다니는 아이를 따라다니느라 이미 동생에 대한 생각은 접은 지 오래였고, 불확실한 호민이의 장래와 비싼 특수교육비 등 경제적 여건을 고려해보면 난감한 일이 아닐 수 없었다. 그러나 주위사람들은 호민이 같은 자폐성장애아일수록 형제한테 자극을 받으며 성장하는 게 예후가 좋다며 격려를 했다.

호민이는 밖에 나가면 한 발짝도 걸으려고 하지 않아, 임신해서도 아이를 업고 조기치료실을 다녔다. 무리 한 탓인지 임신 6개월이 되자 몸이 붓기 시작했다. 병원 정기검진에서 임신중독 증상이 있으니 짠 음식을 피하고 과로하지 말라고 했다. 매주 정기검진을 받으라는 담당의사의 권고에도 불구하고, 차일피일 미루다가 한 달 만에 병원을 찾았을 때는 임신중독이 심각해진 상태라 그 길로 입원을 해야 했다.

병원침대에 누워서 꼼짝할 수 없는 상황이었다. 몸은 편해졌지만, 여러 가지 생각들로 머릿속은 복잡하기만 했다. 예측하기 힘든 호민이의 미래와 태어나더라도 인큐베이터에 있어야 한다는 뱃속의 아이까지... 스트레스가 극에 달해서 남편한테 괜한 짜증을 부리곤 했다.

입원 2주 만에 제왕절개로 딸아이를 낳았는데, 임신 8개월째에 태어난 아기의 몸무게는 1,250그램밖에 되지 않았다. 임신중독으로 아기가 영양공급을 제대로 받지 못한 탓이라 했다. 워낙 작게 태어난 데다 개월 수에 비해 성장이 고르지 않아 금세 여러 가지 합병증이 나타났다. 아기는 인큐베이터에서 겨우 20일을 살고 하늘나라로 갔다.

나는 임신중독과 출산후유증으로 간 기능이 안 좋아졌고

시력도 급격히 떨어져서 퇴원하자마자 안경을 써야 했다. 남편은 더 이상 아이를 낳지 않겠다며 나한테 한마디 상의도 없이 불임수술을 해버렸다. 그래서 호민이는 외동아이가 됐다.

입원하고 수술하고, 퇴원 후에도 인큐베이터의 아기를 보려고 매일 병원을 드나드느라, 한 달 넘게 호민이를 이모한테 맡겨두었다. 그 무렵 말 못하는 호민이는 어수선한 집안분위기와 불안한 마음을 도화지마다 온통 새까맣게 칠하는 것으로 표현했다.

셋째아이를 잃은 바로 다음날부터 나는 아무 일도 없었다는 듯 일상으로 돌아왔다. 동에 번쩍 서에 번쩍 사고뭉치 호민이가 나를 편히 쉬게 놔두지도 않을뿐더러, 하나 남은 아이를 어떡하든 잘 키워야 한다는 강박관념에 사로잡혀 마음이 바빠졌던 것이다.

장애아와 비장애아를 함께 키우는 부모들 얘기를 듣다 보면, 아이가 하나인 나는 경험할 수 없는 그들 나름의 고충이 있다는 걸 알 수 있다. 부모는 장애아든 비장애아든 사랑을 골고루 나눠주려고 신경을 쓰지만 아무래도 비장애인 자식보다는 장애가 있는 아이한테 마음이 더 가는 건 어쩔 수 없다고 한다. 상대적으로 비장애인 아이는 자라면서 장애 형제

때문에 손해를 본다는 생각을 은연중에 쌓아가게 되나 보다.

어느 장애아의 누나는 중학교 사춘기를 얼마나 유별나게 보냈는지 부모들의 애를 태웠다는 얘기를 들었다. 어려서부터 말 잘 듣고, 제 일 알아서 척척 해내고, 공부 잘하고 모범생이었던 아이가 어느 날부턴가 반항하기 시작했다. 자정이 넘은 시간에 PC방에서 붙잡혀 들어온 아이가 눈을 동그랗게 뜨고 따졌다.

"왜 나를 찾아 다녀요?"

"너 그걸 말이라고 해? 여자아이가 밤늦게까지 집에 안 들어오고 거기서 뭐 하는 거니?"

"이 집에서 나한테 관심 있는 사람 있나요? 엄마 아빠는 동생한테만 신경 썼지 언제 나한테 따뜻한 눈길 한번 준 적 있냐고요?"

"우리가 왜 너한테 관심이 없어? 동생이 저러니 동생한테 더 신경을 쓸 수밖에 없다는 건 너도 잘 알잖니? 게다가 넌 혼자서도 잘 하는 아이였어."

"그래요. 나는 엄마 아빠도 없는 아이처럼 혼자서 다 했어요. 그런데 이제 와서 왜 갑자기 나한테 관심을 갖는 거죠? 차라리 고아였으면 좋겠어. 그랬으면 부모 사랑 같은 건 기대하지도 않았을 것 아냐!"

가슴에 쌓아둔 얘기를 꺼내놓으며 서럽게 우는 아이를 부둥켜안고 부모도 함께 울었다.

지금까지는 호민이가 외동아이여서 불편한 것보다는 편한 것이 더 많았다. 따로 관심 쏟을 형제가 없으니 아무 때고 호민이를 따라다니며 돌봐줄 수 있었고, 경제적인 면에서도 형제가 있는 가정에 비해 덜 부담스러웠던 것도 사실이다.

초등 저학년까지만 해도 호민이 혼자서도 어찌나 저지레를 해대는지 따라다니면서 치워도 늘 난장판이었다. 하지만 이제는 휴일이나 방학에도 레고나 인형, 장난감 자동차를 온 집 안에 늘어놓는 일은 거의 없다. 장난감 자동차 모아둔 바구니에 손도 안 댄 지 오래다.

사춘기라 그런지 혼자서 밖에 나가 노는 것도 마다한다. 동네 놀이터나 아파트 사이에 있는 작은 공원에서 미끄럼틀이나 그네 타는 일도 시들해졌다. 덕분에 나도 놀러만 나가면 함흥차사인 호민이 찾아 온 동네를 헤매는 일도 없어졌다.

호민이한테서 조금 놓여난 탓일까 문득 문득 아들에게 형제가 있었으면 좋겠다는 생각이 들 때가 있다. 방학이나 공휴일에 집에 있을 때 따분해하는 호민이한테 슬그머니 미안해진다. 심심할 때 함께 놀 형제 하나 만들어주지 못한 자책감에 괜히 장난을 걸어보기도 한다. 저학년 때는 집으로 찾아오는 친구들도 많았는데, 고학년이 되면서 다들 공부에 바빠져서 동네에서조차 친구들 얼굴보기가 힘들어졌다.

호민이는 혼자 나가 놀지 않는 대신 밖에 나가고 싶을 때는 엄마와 함께 가자고 조른다. 내 몸이 귀찮을 때는 형제라도 있어서 딸려 보내면 딱 좋겠다 싶은 이기적인 생각이 들기도 한다.

그러나 금세 마음이 바뀌어 호민이를 데리고 산책을 나선다. 우리에게 이 아이마저 없었다면 하는 생각만으로도 정신이 번쩍 들고, 알 수 없는 힘이 솟는다.

약으로 못 고치는 병,
자폐

호민이는 아토피성피부와 알레르기 비염을 약하게 앓고 있을 뿐 병치레를 거의 하지 않는 건강 체질이다. 소화기능도 좋아서 아기 때도 수유 후 트림을 대충 시켜도 구토 한번 한 적이 없다. 비염도 자라면서 편식이 줄어들면서 호전되어 단골로 가던 이비인후과를 찾은 지도 오래됐다.

이렇듯 건강하던 호민이가 5학년 때 장염으로 한 달가량 고생한 적이 있다. 8일 동안 입원한 후에도 학교를 20일이나 결석해야 할 만큼 호되게 고생을 한 탓에 체중이 5킬로그램이나 줄었다. 단순한 배탈이겠거니 여기고는 줄곧 설사를 해

대는 아이를 하루 동안 방치한 내 잘못이 컸다. 이틀째 부랴
부랴 종합병원에 입원을 시켰다.

병원생활을 견뎌낼 수 있을까 내심 걱정을 했지만, 호민이
는 스물네 시간 꽂고 있어야 하는 링거 주사와 다른 주사들,
투약, 각종 검사를 위한 채혈 등을 잘 참아 주었다.

입원해 있는 동안 교회 식구들과 치료실 선생님, 호민이
를 아는 많은 사람들이 병문안을 와서 핼쑥해진 아이를 보며
안타까워했다. 하지만 정작 엄마인 나한테는 대수롭잖은 일
일 뿐이었다. 아이가 너무 아파 깊은 잠을 못 자고, 금식을 견
디지 못하고 몰래 음료수를 마셔서 겨우 멈춘 설사를 다시 해
도, 의사의 처방에 따라 제때 약 잘 먹고 치료받으면 오래지
않아 낫는 병이기 때문이다. 대신 아파 주지 못하는 안타까운
마음이야 왜 없었을까마는, 아직까지 치료약도 없고 수술 방
법도 없는 '자폐'라는 장애를 가지고 있는 호민이를 키우고 있
는 나로서는 약으로 치료되는 병은 병 축에도 못 든다는 생각
이 들었다.

보통 아이들은 돌 전후로 걸음마를 시작하지만, 호민이는
18개월에 걸었다. 옹알이는 거의 하지 않았지만 잠 잘 자고
순한 아이였다. 집 안에서는 혼자서도 잘 놀았는데, 그림책보

다는 주로 전화번호부나 신문처럼 글자가 깨알같이 박힌 것을 들여다보기 좋아했다. 텔레비전 광고를 너무 좋아해서 텔레비전만 켜져 있으면 아이 혼자 두고도 시장을 다녀올 수 있었다. 불러도 대답이 없고, 눈을 잘 맞추지 않는 것은 내성적인 성격 탓이려니 했다.

얌전하던 아이가 18개월에 걷기 시작하고부터는 천방지축으로 돌변했다. 무조건 밖으로 나가려고 하는 것이야 보통 아이들과 다를 바 없었지만, 도무지 위험한 것을 몰라서 차가 가까이 와도 피할 줄을 모르고 심지어 차도로 불쑥불쑥 뛰어들기까지 했다.

또래 아이들에 비해서 너무 늦되다 싶어 30개월에 처음으로 대도시의 큰 대학병원을 찾았다. 여러 검사를 해본 뒤 조기치료실에서 수업을 받아볼 것을 권하면서도 아이가 어려서 단정 짓기는 어렵다고 했다. 굳이 분류를 하자면 '유사자폐'라고 했다. 조기치료실에서도 희망적인 말들이 오갔다. 수업료가 남편 월급의 3분의 1을 차지한다는 것이 오히려 충격이라면 충격이었다.

호민이가 장애아인 것을 처음 알았을 때 우리도 다른 부모들처럼 그저 몇 달 치료받으면 낫는 병인 줄 알았다. 그때까지 우리는 자폐가 뭔지도 몰랐다.

자폐증은 아직까지도 정확한 원인이 밝혀지지 않았다. 게다가 자폐는 개인마다 나타나는 특성과 능력이 다 다르기 때문에 개개인의 원인을 찾아내기란 결코 쉬운 일이 아니다. 자폐증은 신생아 10,000명당 5명 정도가 발생하며 자폐스펙트럼 장애의 범주에 드는 모든 이들을 포함시킨다면 전체 인구의 1퍼센트 정도라고 한다. 우리나라에서는 자폐가 장애 유형에 단독으로 분리된 것이 2000년이었고 10,000명당 1명 정도로 다른 장애유형에 비해 그 비율이 낮다는 것만 알려져 있다.

자폐아들의 주된 특징은 언어 습득이 더디거나 아예 말을 못하는 경우도 많다. 사회성 발달 부진으로 타인과의 상호작용이 어렵다. 자폐아 중에는 먹던 음식만 먹으려 하고 똑같은 옷만 입으려 하고 같은 길로만 다니려고 하는 특성을 나타내는 아이들이 많다. 자기 고집이나 특정한 사물에 집착하다 보니 타인의 기분이나 주변 환경을 전혀 의식하지 못하고, 참을성이 부족하고 욕구 자제가 어려워 마음 내키는 대로 행동하는 것처럼 보인다. 그 때문에 어린아이 때부터 정신이상자로 오해받기도 한다.

13살 남자아이 경민(가명)이는 차를 타면 멈추지 않고 계속 달려야 한다고 고집한다. 타고 가던 차가 신호에 걸려 정차하는 동안에는 창문이나 의자를 두드려대며 운다. 한번은 신호 대기 중에 옆 차선에 있던 운전자가 창문을 두드리며 우는 것을 보고 유괴당한 아이가 도움을 요청하는 것으로 잘못 알고 경찰에 신고하는 바람에 경민이 부모가 졸지에 유괴범으로 몰린 적이 있다.

14살 진수(가명)는 무슨 물건이든 제자리에 있어야 하는 완벽주의 성향이 강하다. 물병과 컵은 같은 자리에 있어야 하고, 옷은 반드시 단추를 다 채워서 입어야 하며, 다른 사람이 소매나 바짓단을 걷는 것도 용납하지 않는다. 재활용 쓰레기가 하나라도 생기면 밤중에라도 내다 버려야 한다고 우긴다. 틈만 나면 누나 책상의 책들을 자기 방식대로 정리하고, 옷장의 옷들도 모조리 바꿔놔서 가족들은 필요한 물건을 찾느라 골머리를 앓는다.

호민이는 스카프나 스타킹 등 특정 섬유의 감촉을 좋아한다. 길 가다가 스타킹 신은 여자가 눈에 띄면 쫓아가서 다리(스타킹)를 만져보려고 하는 통에 나는 늘 긴장해야 했다. 여덟 살 때는 백화점에서 에스컬레이터를 타고 올라가다가 바로 앞에 서 있는 스타킹 신은 여자다리를 만졌는데, 놀란 여자가 소리를 지르며 호민이를 치한으로 모는 바람에 진땀을 뺀 적이 있다. 씩씩대며 호민이를 노려보는 그 여자한테 아이의 상태를 설명하고 사과를 했다. 그랬더니 여자는 "모자라는 아이를 왜 밖에 데리고 나와서 다른 사람한테 피해를 줍니까? 이런 애들은 정신병원에 확 처넣어야 하는 것 아니에요?"라고 소리쳤다. 쇼핑하던 사람들이 순식간에 주위로 몰려들었다. 아이의 부적응 행동에 대해 충분히 설명을 했음에도 불구하고 사과를 받아주기는커녕 정신병원 운운하는 데는 나도 참을 수가 없었다. "아가씨, 시집가서 애 낳아봐요. 당신이라고 장애아 낳지 말란 법 있어요?" 그 후로도 한참동안 큰소리가 오갔다. 험악한 분위기에 겁 많은 호민이도 질렸던지 그 뒤로 여자다리 만지는(?) 버릇은 없어졌다.

이렇듯 자폐아들에게 나타나는 수많은 부적응 행동과 그들 특유의 성향이 밝혀지고, 지금도 많은 자폐아들이 발생하고 있음에도 불구하고 아직껏 치료제가 개발되지 못한 것은 자폐증이 그 만큼 까다로운 증상이기 때문일 것이다. 자폐아의 일반적이지 않은 행동이나 태도 또한 정신적인 문제가 아니라 신경 전달체계의 이상에서 오는 기질적인 문제이다.

인간 게놈 지도가 완성되었다는 소식은 불치병에 시달리는 많은 병자들과 더불어 자폐아를 자녀로 둔 부모에게도 기쁜 소식이 아닐 수 없다. 우리는 모든 사람들이 자신의 게놈 지도를 가질 날이 속히 오기만을 기다리고 있다. 그날이 오면 아무데서나 괴성을 지르고 튀는 행동을 서슴지 않으며, 심지어 자기 몸을 자해하는 자폐아들을 더 이상 볼 수 없을지도 모르겠다는 상상을 한다.

치료약이 개발되거나 기적이 일어나지 않는 한 대부분의 자폐아들은 성인이 되어서도 타인의 도움을 계속 받아야 한다. 자폐아들 스스로는 일상생활은 물론 자신의 권리를 찾거나 자기 유익을 추구하는 것에 서툴기 때문이다. 그럼에도 불구하고 그들이 이 땅에 생존해야 하는 분명한 이유는 자폐아도 우리와 똑같이 존엄성을 가지고 태어난 '인간'이고, 나름대로 장점과 개성을 갖춘 '사람'이기 때문이다.

엄마,
내 손 놓지 마

어느 날, '열린교실'(방과후교실)에서 아홉 살짜리 남자아이를
잃어버린 적이 있다. 수업이 끝나고 집으로 돌아가기 직전이
었는데, 잠깐 사이에 아이가 사라진 것이다. 선생님과 엄마들
이 모두 나서서 아이가 있을 만한 곳을 찾아다녔지만 아이는
쉽게 눈에 띄지 않았다. 날은 어두워지는데 아이가 보이지 않
자, 아이 엄마는 하염없이 울기만 했다. 세 시간 만에 아이를
찾아 데려왔는데 아이 엄마는 실성한 여자처럼 땅바닥에 털
썩 주저앉아 대성통곡을 했다. 그 모습을 보고 있자니 호민이
를 잃어버렸을 때가 떠올라 내 눈시울도 뜨거워졌다.

단풍이 빨갛게 물든 깊은 가을날이었다.

여섯 살 호민이는 사설 조기치료실을 다니고 있었다. 내가 운전을 못해서 버스 타고 다닐 때였는데, 우리동네에서 치료실까지 바로 가는 버스가 없어서 중간에서 갈아타야 했다.

그날도 우리는 갈아타는 지점에서 버스를 기다리고 있었다. 하늘이 어찌나 파랗던지 나는 호민이 손을 잡고 하늘을 올려다보고 있었다.

"호민아, 하늘에 구름이 있네. 저기 좀 봐. 하늘은 파란색이고 구름은 하얀색이네."

호민이는 내가 가리키는 곳은 보지도 않고 "하늘, 구름." 했다. 하늘이 뭔지 구름이 뭔지 알려고도 하지 않고 그저 앵무새처럼 따라 한 것뿐이었다.

버스를 기다리는 동안 호민이는 제 맘대로 뛰어다니고 싶은지 내가 잡고 있는 손을 자꾸 빼려고 했다. 도로도 넓고 차들도 많이 다니는 곳인데, 며칠 전에도 호민이가 차도로 뛰어들어 간이 콩알만 해졌던지라 나는 호민이의 손을 꽉 쥐었다. 호민이는 도로 건너편을 바라보며 손을 내밀어 뭔가를 잡는 시늉까지 했다.

"호민아, 왜 그래? 곧 버스 올 거야. 가만히 좀 기다리고 있어."

"태극기! 태극기!"

호민이의 시선을 따라가 보니, 도로를 따라 세워진 가로등에 축제를 알리는 깃발들이 걸려 있었다. 호민이는 깃발을 보자 치료실에서 배운 태극기가 생각났나 보다. 수업시간에 선생님과 하던 대로 깃발을 빼들고 '태극기가 바람에 펄럭입니다~ 하늘 높이 아름답게 펄럭입니다~' 노래를 부르고 싶었던 것일까?

"그래 호민아, 태극기 흔들며 노래 부르고 싶었구나. 그런데 저건 태극기가 아닌 걸. 조금 있다가 치료실에 가서 선생님과 같이 태극기 들고 노래 부르자. 알았지? 엄마하고 지금 노래 부를까? 태극기가 바람에 펄럭입니다..."

내가 노래를 부르자 호민이는 잠깐 나를 쳐다보는가 싶더니, 이번에는 금방이라도 깃발을 향해 달려갈 듯 온몸으로 발버둥쳤다. 내 노랫소리가 깃발을 갖고 싶은 호민이의 간절한 마음을 더욱 자극한 것 같았다.

아이가 태극기를 흔들며 신나게 노래하고 싶어 하던 바로 그때, 내게는 억제하기 힘든 유혹이 마음속으로 밀려들어왔다. 잡고 있는 손을 놓으면 호민이는 그 길로 길 건너편의 깃발을 가지러 차도로 뛰어들 것이다. 위험이란 걸 전혀 몰라 자동차가 와도 피할 줄 모르는 아이이니 오직 깃발을 향해 내

달릴 게 뻔했다. 사람들의 왕래가 뜸한 곳이라 차들은 속도를 내며 씽씽 달리고 있었다. 저 길로 사람이 뛰어든다면…

조기치료실을 이 년 넘게 다녔지만, 아이는 나아지는 기색이 없었다. 오히려 나이가 들수록 아이의 행동반경만 점점 커지고 있었다. 집 밖에만 나가면 어디로 튈지 몰라 늘 아이의 손을 잡고 다녀야 했다. 그러고도 수없이 잃어버렸다가 찾기를 반복하고 있었다. 끝도 없고 앞도 보이지 않는 길에서 나는 아이와 함께 점점 지쳐가고 있었다.

'완치된 사람이 없는 병이라지 않는가. 이 모습으로 평생을 살아야 한다. 자랄수록 아이의 고통은 점점 더해갈 것이고…지금보다 훨씬 나쁜 모습으로 자란다면 모두에게 너무 슬픈 일이야… 그래, 끝내자! 여기서 끝내는 거야!'

아이를 잡고 있던 손에 힘이 빠지는 걸 느꼈다. 스르르 아이의 손이 내 손에서 빠져나갔다. 그 순간, 버스가 우리 앞에 도착했다.

호민이는 우리가 탈 버스를 발견하고 얼른 버스에 올라 자기가 늘 앉는 앞에서 두 번째 자리에 앉아 차창 밖을 내다보며 노래를 부르고 있었다. 나는 아이 뒤를 따라 버스에 오르며 눈물을 삼켰다. 내가 방금 했던 생각들을 지워버릴 수만 있다면…머리를 저을수록 죄책감은 더욱 밀려왔다.

그 후로도 종종 아이한테서 벗어나고 싶은 마음이 들 때가 있었다. 막무가내로 울고 떼쓰는 아이가 감당이 안 될 때도 그랬고, 불확실한 아이의 장래를 생각하면 도망이라도 치고 싶었다. 아이의 부적응 행동을 이해 못하고 수군거리는 사람들을 볼 때면 아이와 함께 죽고 싶은 생각마저 들었다.

호민이가 4학년이었을 때, 무려 여섯 시간 동안이나 호민이를 진짜로 잃어버린 사건이 벌어졌다. 막상 아이를 잃어버리고 보니 호민이 없는 내 삶이란 아무런 가치도 없다는 것을 절실히 깨달았다. 아이는 이미 내 삶의 전부가 되어 있었다.

5월의 마지막 토요일이었다. 일찍 찾아온 더위 때문에 선풍기를 틀어야 할 정도로 후텁지근한 날씨였다. 일찌감치 점심을 해놓고 호민이를 기다리는데 한참을 기다려도 감감무소식이었다. 아이를 찾아 온 동네를 뛰어다녔다. 저녁 일곱 시가 다 되어서야 동네 아파트 옥상에서 호민이를 찾았다. 외부 사람의 출입을 통제하기 위해 옥상에서 아파트 내로 들어가려면 출입문 열쇠가 있어야 했는데, 호민이가 옥상에 올라간 사이 문이 닫히는 바람에 꼼짝없이 갇혀버린 것이다. 초여름 더위에 지친 아이는 밥 대신 물만 자꾸 들이켰다. 나는 아무 말도 못하고 아이의 손을 꼭 잡으며 중얼거렸다.

"다시는 네 손 놓지 않을게."

장애아의 부모도
'부모'다

내 이름으로 가입한 운전자보험의 보상내역을 살펴보다가
남편한테 말했다.

"당신, 나 죽더라도 재혼하지 말고 혼자 살아요. 새엄마 들
어와서 우리 호민이 구박하면 어떡해. 당신 없을 때 밥도 안
주고 눈치 줘도 이를 줄도 모르잖아요. 우리 호민이."

"그러니까 죽지 말고 오래오래 살아야지."

농담처럼 한마디 주고받았을 뿐인데, 실제로 그런 상황이
닥치기라도 한 듯 눈물이 핑 돌았다. 고아가 된 장애 자식이
어떻게 살아갈까 하는 것이 장애아를 키우는 부모들의 가장

큰 걱정이다. 그래서 자식보다 딱 하루만 더 살고 싶다는 얘기들을 하는데, 그 말이 또 나를 눈물 나게 한다. 자식보다 더 오래 살아야겠다는 부모들의 간절함이.

내 자식에게 장애가 없었다면 생각 할 필요조차 없을 것들을 현실로 받아들이고 풀어나가는 일은 장애아 부모들한테는 여전히 녹록치 않은 숙제다.

사진을 정리하다가 호민이의 아기 적 모습에 눈길이 머물렀다. 처음 아이를 만나던 날을 떠올리면 빙그레 웃음이 난다. 얼굴의 절반이 코였던, 코 큰 아이 호민이는 예정일을 일주일 정도 앞당겨 세상에 모습을 드러냈다.

어느 부모처럼 우리 부부도 아이를 임신했을 때부터 어떻게 키울 것인가 의견이 분분했다. 나는 건강하고 밝은 성격에 타인을 배려할 줄 아는 아이로 자랐으면 좋겠다 했고, 남편은 운동 잘하고 튼튼한 아이였으면 좋겠다 했다.

아들이 초등학교 4, 5학년쯤 되면 국토종단이나 자전거 전국 일주에 참여시켰으면 했다. 방학 때마다 학원이나 학교 공부는 모두 접고, 청학동이나 오지마을로 보내서 자연 속에서 친구들과 맘껏 뒹굴게 해주고도 싶었다. 사춘기가 되어 여드름 바글바글한 얼굴로 여자친구 꽁무니를 따라다니며 애정

공세를 펼 때면, 밤새워 여자들의 심리를 가르쳐주며 아들의 연애질을 응원하고 싶었다. 군대도 보내고, 예쁜 며느리도 봐야지 했다. 공부를 좀 못해도, 넉넉한 삶은 아니더라도, 사람과 자연을 사랑하고 타인을 돌아볼 줄 아는 가슴 따뜻한 사람이 되었으면 했다.

이렇듯 어린 아들한테 가졌던 꿈은 평범하기 그지없는 것들이었지만, 평범하지 않은 호민이한테는 무의미한 꿈이 되어버렸다.

사춘기가 되었지만 내 아들은 여자친구에게 관심이 없다. 아니 모든 사람에게 별 관심이 없다. 그저 생존을 위하여 자신한테 유익하다 싶은 사람만을 필요로 할 뿐이다. 아빠보다 엄마를 더 좋아하는 것은 자기의 일거수일투족을 세세하게 살펴주고 돌봐주기 때문이다.

또래 여자아이들한테 인기가 있지만 그 아이들도 호민이를 이성으로 여기지는 않는 것 같다. 하는 짓이 아기 같고 서툴러서 도와줘야 하는 친구 그 이상도 그 이하도 아니다.

"아유, 귀여운 우리 호민이!" 여자아이들이 자기들보다 덩치 큰 호민이 머리를 쓰다듬으며 하는 말이다. 그러면서 예쁜 학용품도 선뜻 내어주고 맛난 과자도 챙겨주며 동생처럼 잘 데리고 놀아준다. 호민이도 자기를 챙겨주는 여자친구들이

다가오는 것을 거부하지는 않지만, 친구라기보다는 엄마처럼 의지할 대상으로 여기는 눈치다.

대인관계에 어려움이 있고 이성에도 전혀 관심이 없으니 참한 며느리 들이는 것은 심각하게 고려해봐야 할 문제인 것 같다고 남편과 농담을 하지만 마음은 착잡하다. 인간의 가장 기본적인 욕구인 이성간의 사랑조차 거부하는 아이의 내면 세계가 궁금할 뿐이다.

일 년 만에 만난 어느 발달장애아는 또 이름을 바꿨다. 일곱 살인데 벌써 두 번째 개명이다. 그 부모는 아이를 고치려고 안 해본 것이 거의 없다. 천도제, 백일기도, 부적에 굿까지 돈을 수없이 들였다는데 아이는 좀처럼 낫지를 않는다. 그런데도 여전히 아이가 장애로부터 자유로워질 수만 있다면 무엇이든 할 각오가 돼 있다니. 부모한테 자식이란 모든 것을 주어도 아깝지 않은 영원한 짝사랑의 대상이다.

복제 양 '돌리' 얘기로 세상이 시끌시끌할 때, 자폐아의 엄마가 자기 아이를 복제해서 처음부터 다시 키워보고 싶다고 했다. 시댁식구들이 걸핏하면 멀쩡한 아이를 며느리가 잘못 키워서 바보를 만들어놨다고 트집을 잡는 바람에 남편과의 사이도 소원해졌단다. 오죽하면 그런 생각이 다 들까, 장애아를 가진 엄마의 비애를 본다.

앞으로는 사람의 장기도 인공배양이 가능해져서 장기가 치명적인 손상을 입더라도 다시 바꿔주기만 하면 얼마든지 생명 연장이 가능해질 것이라는 얘기 끝에, 뇌 이식에 관한 얘기까지 나왔다. 자폐아들의 부적응 행동이 신경 전달 체계의 이상으로 나타난다니 뇌를 이식하면 아이의 장애가 완치되지 않겠느냐고 누군가 말을 꺼냈다. 정말로 그런 일이 가능해진다면 돈이 얼마가 들던지 반드시 수술을 해주겠다고 입을 모았다.

"내 아이한텐 내 뇌를 줄 거야. 사십 년 가까이 살았으니 이 세상에 미련 없어. 나 대신 내 아들이 이 땅에서 인간답게 살아갈 거라는 생각만으로도 편안히 죽을 수 있을 것 같아. 정말 그런 날이 온다면 얼마나 행복할까?"

함께 있던 엄마들은 누가 먼저랄 것도 없이 "나도 그래. 동감이야." 하며 맞장구를 쳤다.

감히 진주조개의 고통에 비유해본다. 장애아를 기르는 부모의 마음은 진주를 만들어내기 위하여 살이 찢어지는 아픔을 감내하는 진주조개와 같다고. 아이는 내게 진주보다 더 귀한 보배다.

2부

·

천사 엄마? NO, 전사 엄마

쌈닭 엄마

이 세상에는 세 가지 성性의 인간이 있단다. 남성과 여성, 그리고 이도 저도 아닌 중성인간 '아줌마'.

미혼 때는 조용하고 내성적이던 여자들도 결혼하고 아이 낳아 기르다 보면 억척스러운 아줌마로 변하기 마련이다. 모성이 여성을 남성화시킬 만큼 강력한 에너지를 소유하고 있다는 증거가 아닐까.

얼마 전 이십여 년 만에 초등학교 동기를 만났는데, 두 시간 동안 쉬지 않고 떠들어대는 내가 너무 낯설다며 웃는다. 나 역시 그 친구를 봤을 때 초등학교 때의 얌전하던 여학생 모습은 온데간데없고 말 많은 수다쟁이 아줌마로 변해 있어서 어색하기는 마찬가지였다. 그 친구 말대로라면 내 어릴 적 모습은 제 의견을 자분자분 분명히 밝힐 줄 알면서도 혼자서 조용히 책읽기를 즐기던 아이였다. 여럿이 몰려다니는 것도 질색이어서 마음 맞는 친구 한두 명이면 족했다.

결혼할 당시에도, 쾌활한 성격인 시어머님은 말수 적고 조용한 내 성격이 답답하다 하실 정도로 매사에 소극적이고 수동적이었다. 그러나 나는 특별한 아이 호민이를 키우면서 그야말로 아줌마 중에서도 으뜸 아줌마가 됐다.

호민이가 어렸을 때 나는 호민이의 보디가드 역할을 충실히 수행했다. 아이들이 때리고 놀리고 괴롭혀도 방어능력이 없는 호민이는 일방적으로 당하기만 했다. 유치하게도 엄마인 나는 호민이를 향한 아이들의 괴롭힘을 나에 대한 도전으로 여겼고, 그 어린 아이들이 내게는 반드시 물리쳐야 할 적으로 보였다. 나의 응징은 종종 과잉진압(?)으로 이어졌고, 그 자리에서 사과를 받아내는 것은 물론 눈물을 펑펑 쏟게 만들어버렸다. 그런 다음엔 나 없을 때 또다시 공격할 것에 대비해서 풀어주고 달래주는 애프터서비스까지 완벽하게 끝냈다. 맛있는 과자나 예쁜 학용품 공세로.

호민이가 유치원에 다닐 때였다.

유치원 버스에서 내려 교실로 잘 들어가는지 확인하려고 가끔 차를 타고 뒤따라가곤 했다. 그날따라 담임 선생님이 마중을 안 나왔는지 호민이 혼자서 유치원 마당을 배회하고 있었다. 잠시 후 아이들 몇 명이 우르르 나와서 호민이를 데리고 들어갔다. 그런데 한 아이가 호민이 등에 맨 가방을 툭툭 치며 빨리 걸으라고 다그치는 게 보였다. 엄마가 보고 있다는 걸 알 턱이 없는 아이들은 군중심리에 이끌려 호민이를 한 대씩 돌아가며 쳤다. 그 짓은 현관에 도착할 때까지 계속되었다. 세게 치는 것 같지는 않았고, 호민이도 친구들이 그러거나 말거나 무표정한 얼굴이었다. 돌아서서 얼굴을 찡그리든지 싫다고 손사래라도 쳤다면 바라보고 있는 내 마음이 덜 아팠을 텐데, 감정도 없이 입력된 행동만 반복하는 로봇처럼 제 갈 길을 가는 아이를 보고 있자니 속에서 불이 났다.

나도 모르게 차에서 내려 아이들을 향해 뛰어갔다. 유치원 현관 앞에 아이들을 세워놓고 일장연설을 했다. 내 고함소리에 선생님이 달려나왔고, 삽시간에 아이들도 몰려들었다. 실컷 퍼붓고 나자 속이 후련했다. 하지만 정신을 차리고 보니 선생님 보기가 민망스러웠고, 그저 장난이었을 아이들한테 너무 심했다는 생각이 들었다. 후회했지만 엎질러진 물이었다.

1학년 때 학교 운동장에서 호민이를 놀리는 아이한테 본때를 보여준 적이 있었다. 수업 마치고 나오는 호민이 뒤를 같은 반 아이 둘이 따라 나왔다. 저학년 때는 호민이가 가는 곳에는 늘 친구들이 따라다녔다. 호민이의 이상한 행동이 신기해서 호기심에 따라다니는 아이들이 대부분이었지만, 도와주고 보호해줘야 한다는 정의감에 가득 찬 아이들도 있었다.

뒤따라가던 아이들이 서로 눈짓을 주고받더니 들고 있던 신발주머니로 호민이를 치기 시작했다. 호민이가 별 반응을 보이지 않자 아이들은 점점 더 세게 쳤다. "야, 바보야! 빨리 걸어!" 그러면서 낄낄 웃었다. 아이들의 웃음소리에 순간 속이 뒤집혔다.

"야!!!!!! 이 녀석들이 뭐 하는 거야? 너희들 오늘 잘 걸렸다! 호민이가 너한테 뭘 잘못했니? 호민이가 너희한테 피해 준 것 있어? 넌 같은 유치원에 다녔던 애 맞지? 너 호민이 아픈 것 알아 몰라? 아픈 친구 도와주지는 못할망정 괴롭혀? 말 좀 해봐! 너 어느 아파트 사니? 너네 엄마한테 한번 찾아가봐야겠다."

속사포같이 쏘아붙이는 내 말에 아이들은 고개를 푹 숙인 채 눈물을 뚝뚝 흘렸다. 거기까진 좋았다. 그런데 수업 중인

학생들과 선생님들이 운동장에서 벌어진 일을 구경하느라 창문마다 빽빽이 붙어 서 있는 게 아닌가. 나는 졸지에 만화에나 나옴 직한 못 말리는 아줌마의 몰골을 하고 운동장 한가운데 서 있었다.

호민이가 그런 엄마의 모습을 결코 좋아하지 않았다는 것을 나중에야 알았다.

3학년 2학기 때였던가. 그날도 학교 앞에서 호민이를 기다리는데, 현관에서 호민이가 어떤 아이와 실랑이를 벌이고 있는 게 보였다. 그 아이는 호민이의 실내화 한 짝을 들고 멀리 던지는 시늉을 하고, 호민이는 "하지 마! 내 꺼야!" 소리를 지르고 있었다. 마침 옆에서 지켜보던 다른 아이가 교문 밖에 서 있는 나를 발견하고는 놀리는 아이한테 귀띔을 했다. 나와 눈이 마주친 아이는 얼른 학교 안으로 도망을 쳤다.

집으로 오면서 호민이한테 조금 전에 일어난 일을 얘기하며 그 친구를 혼내주겠다고 했다. 호민이는 짜증을 내며 싫다고 말했다.

"하지 마. 친구 때리지 마."

"왜? 그 친구가 호민이 실내화 뺏어서 던지려고 했잖아."

"싸우지 마."

호민이의 표정과 말투는 단호했다.

그동안은 호민이 의견을 물어볼 것도 없이 나 혼자 일방적으로 호민이를 괴롭히는 아이들을 상대하며, 자기 대신 싸워주는 엄마를 든든하게 여기리라 믿고 있었는데 나만의 착각이었단 말인가? 며칠 동안 혼란스러웠다. 어디서부터 잘못된 것일까?

호민이는 겁이 많아서 사람들이 큰소리로 대화하는 것조차 싫어한다. 목소리가 유난히 큰 시댁식구들은 마치 싸우기라도 하듯 대화한다. 투박한 경상도 말씨까지 보탰으니 오죽하겠는가. 호민이는 아직도 그런 시댁 분위기에 적응하지 못한다.

남편과 내가 가끔 언성을 높이며 토론(?)을 할 때면 호민이는 제 방에서 문까지 잠그고 꼼짝도 안 한다. 태권도 학원을 삼 년이나 다녔지만 기합 소리에 깜짝깜짝 놀라고 겁을 내서 결국엔 그만뒀다.

자기가 친구들한테 쥐어박히고 놀림당하는 것보다, 아이들한테 쌈닭같이 고래고래 소리 지르는 엄마를 보는 것이 호민이한테는 더 곤혹스러운 일이었을까? 아무튼 나는 그 날 이후로, 아이들이 호민이를 괴롭히고 때리고 놀리더라도 예전의 내 모습대로 품위를 지켜가며 말로 타이르는 방법을 고수하고 있다.

호민이가 학교에서 팔뚝에 시퍼런 멍이 들어왔다. 누가 그
랬느냐고 했더니 친구 이름을 댔다. 왜 그랬냐고 물어도 계속
"○○가 꼬집었지."라는 말만 했다.

"엄마가 학교 가서 ○○ 혼내줄까? 손바닥도 때리고 꼬집
어 줄까?"

"하지 마. 꼬집지 마."

떠보려고 한 말이었는데, 녀석은 엄마가 당장 그 친구를
때리기라도 할 것처럼 큰 덩치로 나를 꼼짝 못하게 끌어안으
며 극구 말렸다.

한 발 물러서는
지혜

매주 목요일이면 '열린교실' 아이들은 스쿼시를 하러 간다.

시작한 지 서너 달밖에 되지 않아서 아직 이렇다 할 자세가 잡히지는 않았지만 호민이는 스쿼시 하러 가는 날에는 실내화를 손수 챙길 정도로 그 시간을 기다린다.

선생님 말씀에 의하면, 호민이는 공을 제법 잘 받아친단다. 폼이야 어떻든 공을 잘 받아친다는 것만으로도 기뻐서 칭찬을 많이 해줬더니, 지난주에는 얼마나 열심히 라켓을 휘둘러댔는지 함께 있던 아이의 왼쪽 광대뼈에 시퍼런 멍을 들여놓았다. 연습 중인 호민이의 곁을 지나치던 아이가 미처 피하지 못해 일어난 일이었다. 아이 엄마는 애들끼리 놀다가 그런 것을 어쩌겠느냐고 했지만, 다친 아이를 바라보고 있자니 내 가슴도 아려와 눈물이 났다.

호민이도 얼굴에 멍이 시퍼렇게 들도록 두들겨 맞은 적이 있다.

1학년이던 아홉 살 때 일이다. 호민이는 오후에 조기치료실의 '방과 후 프로그램'에 참여하고 있었다. 개별 수업과 그룹 수업이 동시에 이루어졌는데, 그룹 수업에는 대여섯 명의 장애아들과 특수교사 한 명으로 수업이 진행됐다.

같은 그룹 아이들은 초등학교에 입학했거나 입학을 한 해 유예시킨 아이들이라 나이대는 비슷해도 특성은 제각각이었다. 소리 지르는 아이, 우는 아이, 마음대로 안 되면 아무나 붙들고 물어버리는 아이 등 저마다 표현 방식도 다양해서 겁 많은 호민이는 처음부터 그룹수업을 달갑게 여기지 않았다.

처음 한 달은 교실에 안 들어가려고 우는 아이를 억지로 떠밀어 넣다시피 했다. 사회성 향상과 일반학교 통합 과정에서 나타나는 문제 행동을 교정하려는 취지에서 출발한 수업이어서, 기왕 시작한 김에 6개월은 두고 봐야 할 상황이었다.

한두 달 시간이 지나자 호민이는 체념을 했는지 분위기에 적응을 했는지 별 거부반응 없이 교실로 들어갔다. 소리 지르고 우는 아이 옆에는 가지 않았고, 두 손으로 귀를 막고 눈을 감아버리는 부적응 행동도 몇 달이 지나면서 점차 소멸되어 갔다.

그러나 화가 나거나 싫어하는 과제가 주어졌을 때 제 뺨을 두 손으로 가볍게 때리는 자해 행동만은 쉽게 고쳐지지 않았다. 선생님한테 여러 번 지적을 받고 혼이 나기도 했지만, 한 번 시작된 문제 행동은 좀처럼 바로잡을 수 없다는 게 자폐성 장애아의 특성 중 하나다.

뺨을 못 때리게 하면 주먹으로 제 머리를 가볍게 쥐어박는 것으로 자기의 억울함을 호소하기도 했다. 그나마 다행이라면 뺨이든 머리든 세게 때리지는 않아서, 그동안 수없이 나타났다가 사라진 다른 부적응 행동처럼 저러다 말겠거니 했다.

그 해 초겨울의 어느 날이었다.

여느 날처럼 수업 마칠 시간에 맞추어 호민이를 데리러갔다. 주차시키고 있는데 그룹 수업 담당 선생님이 호민이의 손을 잡고 내 쪽으로 걸어오고 있었다.

그날의 수업내용과 아이의 상태에 대해서 의견을 교환하고 있던 터라, 차에서 내려 선생님과 마주섰다. 호민이는 울었는지 표정이 엉망이었고, 뺨에도 눈물자국이 얼룩덜룩

했다.

선생님은 다른 날과 달리 안절부절못했다. 호민이가 오늘 따라 수업시간에 줄곧 울었다고 말하며 얼굴을 이렇게 만들 어 놔서 정말 죄송하다 했다. 아이 얼굴을 자세히 들여다보니 눈물자국이 아니라 멍자국이었다.

얼마나 많이 두들겨댔는지 좁쌀만 한 멍이 주근깨처럼 양 쪽 뺨에 빽빽이 박혔고, 군데군데 실핏줄이 터져 있었다. 기 가 막혀서 입이 떼 지지 않았다. 호민이를 차에 태우는 동안, 선생님은 아이가 그 지경이 될 때까지의 상황을 장황하게 설 명했지만 내 귀에는 변명으로밖에 들리지 않았다.

그날따라 옆자리의 아이가 계속 소리를 질러대자 호민이 가 귀를 막다가 울다가 하며 불안해했다고 했다. 그러다가 두 손으로 자기 뺨을 때리기 시작했는데, 한 아이는 소리 지르고 한 아이는 장단이라도 맞추듯 자기 뺨을 때리는 통에 선생님 의 인내심으론 감당할 수 없는 상황이었다고 했다. 선생님은 제 손으로 제 뺨을 때리고 있는 줄도 모르는 호민이의 두 손 을 움켜쥐고는 힘껏 뺨을 때렸노라고 솔직하게 털어놓았다. 몇 번 때리지 않았는데, 아이의 피부가 약해서 금세 이렇게 되었노라 변명 같은 말도 보탰다. 그러고 나서 교실이 조용해 졌다고 하지만, 잘했다 할 수도 없고, 명색이 특수교사가 장애아를 이렇게 다룬다면 아이 교육을 누구한테 맡길 수 있겠느냐고 따지고도 싶었다. 마음 같아서는 그 자리에서 멱살이라도 잡고 싶었지만, 정말 마음뿐이었다.

나는 그저 선생님 말씀을 묵묵히 들으며 고개만 끄덕이다가 말없이 고개 숙여 인사를 하고 차에 올랐다. 입을 열면 원망 섞인 말이 쏟아져나올 것 같고, 욕지거리를 한바탕 퍼부어주고 싶을 만큼 내 마음이 불안정한 상태여서 그냥 집으로 돌아가는 게 상책이겠다 싶었다.

집으로 돌아오면서 몇 번이나 길가에 차를 세워야 했다. 가슴이 터질 것 같고, 울컥울컥 분노가 치밀어오르는 것을 억제하느라 숨고르기를 반복했다. 겨우 동네까지 와서 약국에 들어갔다. 아이의 얼굴을 보여주고 멍이 빨리 풀리는 연고 하나를 샀다. 호민이를 잘 알고 있던 약사한테는 혼자서 따귀 때리기 놀이(?)를 하다가 이렇게 됐다고 거짓말을 했다.

근심 어린 눈빛으로 우리 모자를 바라보던 약국 아줌마는 어린이 영양제 하나를 호민이 손에 쥐어주었다.

그 날 밤이 되기 전에 선생님을 용서하기로 했다.

내 마음이 한없이 너그러워서도, 선생님의 행동이 모두 이해가 되어서도 아니었다. 분한 마음은 여전했다. 순전히 나와 내 아이의 편안한 잠을 위해서였다. 그뿐이었다.

다음날 아무렇지 않게 아이를 학교에 보내고, 치료실에도 보냈다.

오후에 치료실에 갔더니 선생님은 말없이 돌아서던 나와 호민이 생각에 밤새워 울었다며 진심으로 사과를 했다. 여전히 눈물이 그렁그렁한 선생님 손을 꼭 잡아드렸다.

살다 보면 때로는 한발 물러서는 지혜가 맞부딪쳐 깨뜨리는 것보다 강한 힘을 발휘한다. 동화 속에서 행인의 외투를 벗긴 것은 강한 바람이 아니라 따뜻한 햇볕이었던 것처럼.

네 곁에
엄마가 있단다

여덟 남매 중 넷째인 나는 자라면서 엄마한테 서운한 게 많았다.

우리 엄마는 초등학교 육 년 동안 학교 행사에 늘 빠졌다. 동생들이 줄줄이 태어나고 농사일로 언제나 바빴던 아버지 엄마 대신, 어버이날이나 학예회, 운동회, 소풍 등 학교 행사에는 늘 할머니가 오셨다. 나는 애써 준비한 연극이나 농악놀이, 포크 댄스를 엄마한테 보여주고 싶었지만 엄마는 언제나 그 자리에 없었다. 곱게 화장하고 고운 옷 차려 입고 학교에 와서 행사가 끝날 때까지 자리를 지키는 친구 엄마들이 그렇게 부러울 수가 없었다. 어린 마음에 엄마의 빈자리가 어찌나 크게 느껴졌던지, 나중에 내가 엄마가 되면 항상 따라다니며 칭찬과 격려로 아이의 기를 살려주어야겠다고 다짐했다.

어릴 때의 소원대로 나는 매일 호민이를 따라 학교에 간다. 운동회, 학예회, 현장학습은 물론이고 평일에도 하루도 거르지 않고 학교에 가고, 호민이가 가는 곳이면 어디든지 함께 있어야 하니 지겹도록 소원풀이를 하고 있는 셈이다.

입학식 날부터 호민이 손을 잡고 아이들과 함께 줄을 섰고, 새 학년이 되는 3월 2일에는 아예 복도에서 보초를 섰다. 3학년이 될 때까지 호민이는 학년이 바뀌면 교실, 선생님, 친구들이 모두 바뀐다는 것을 아무리 설명을 해도 이해하지 못했다. 이해를 못하는 건지 환경 변화를 받아들이기 싫은 건지, 새 교실에 데려다 놓아도 자꾸 예전 교실로 가야 한다며 나왔다.

그런 날이면 새 담임 선생님과 호민이 얘기를 나눠야 하기도 해서 수업이 마칠 때까지 복도에서 대기했다. 호민이가 언제 교실에서 튀어나올지 몰라 바짝 긴장하고 서 있는 나를 본 어떤 선생님은 새 학년 첫날부터 비장한 표정으로 복도에 서 있던 나를 치맛바람 요란한 극성엄마인 줄 알았다며 웃었다.

사실 장애아를 일반학교에 통합시킨 엄마라면 누구나 나만큼 극성맞고 전투적이다. 사회성이 부족하고 자발성이 없는 아이의 부모일수록 아이보다 앞장서서 걸어가야 한다. 아이의 대변자로 보호자로 어디든 동행해야 하기 때문이다. 그러다 보면 학급 일에도 참여하게 되고, 학교에서도 본의 아니게 유명인사가 되기 일쑤다.

저학년 때는 아이들이 교실 청소나 환경 정리를 제대로 할 수 없기 때문에 학급 일에 엄마들의 도움이 많이 필요하다. 꾸미기나 만들기엔 소질이 없지만 청소는 누구 못지않게 잘한다고 자부하는 나는 대청소 날이면 빠지지 않고 거들었다. 내 아이가 공부하는 교실이니만큼 시간이 되는 한 청소를 돕고 싶었고, 오후에 특수치료실 수업을 못 받을지언정 학급 일에는 적극적으로 참여했다.

한번은 열심히 청소를 하고 있는데 처음 보는 엄마가 내게로 다가오더니 속삭이듯 말했다. "저 애가 호민이래요. 장애아이라지요?" 내가 호민이 엄마라는 것을 모르고 하는 말이었다. "장애아치곤 너무 잘 생겼지요? 제 아들이랍니다. 인물이나 못났으면 벌써 내다 버렸을 텐데… 쯧쯧." 그 엄마가 무안할까 농담 섞어가며 대답을 했다.

3학년 때까지 호민이의 현장학습에 동참했다. 밖에 나가면 제멋대로 말없이 사라지는 아이를 선생님한테만 맡기기가 미안하고 불안했는데, 다행히 도우미 엄마들이 몇 명씩 동행해서 나도 자연스레 합류할 수 있었다.

4학년 때부터는 호민이 혼자서 친구들의 도움을 받으며 현장학습을 다녀왔다. 처음으로 호민이 혼자 현장학습을 보내던 날, 만약을 대비해서 집과 학교, 선생님 전화번호가 적힌 명찰을 만들어 달아주었다. 하지만 그것도 미덥지가 않아서 호민이가 돌아올 때까지 어찌나 애를 태웠던지 다음날 바로 몸살이 났다.

현장학습과 견학을 여러 차례 다녀온 경험을 바탕으로 5학년과 6학년에 2박 3일 일정으로 야영도 다녀왔고, 서울 수학여행은 친구들과 선생님의 보호 아래 무사히 마쳤다. 현장학습이나 여행 떠나는 날 아침에는 어김없이 학교에 가서 반 친구들한테 호민이를 잘 돌봐줄 것을 일일이 부탁했다.

운동회 날 아침은 늘 분주하고 바쁘다. 카메라를 챙겨들고 호민이와 함께 학교로 가서 운동회가 끝날 때까지 뒤에서 응원을 한다. 아직도 게임이나 놀이를 즐길 줄 모르는 호민이는 날씨가 더우면 덥다고 짜증이고, 응원석에 오래 앉아 있으면 지겹다고 몸을 비튼다. 달래고 얼러서 겨우 겨우 운동회를 마처야 했지만, 이런 경험들이 하나둘 쌓여서 호민이가 사회의 한 구성원으로 거듭나길 바라는 간절한 마음으로 자리를 지켰다.

한번은 호민이한테 엄마가 달리는 것을 보여주고 싶어서 '어머니 달리기'에 참가를 했다. 운동신경이 둔한 나는 혼신을 다해 달렸지만 꼴찌를 면치 못했다. 아들도 꼴찌 엄마도 꼴찌, 모자꼴찌가 탄생한 것이다. 그래도 호민이는 엄마가 달리는 것을 유심히 보았던지 엄마 팔에 등수 도장이 찍혀 있는지 확인하는 것으로 관심을 표현해주었다. 나도 호민이가 달릴 때는 소리를 질러가며 힘껏 응원해주고, 사진을 찍는다. 매번 꼴찌로 들어오지만 달리기가 끝나면 개선장군 맞듯이 호들갑을 떨며 안아주고 격려해준다.

나는 매년 학교 홈페이지에 개설된 반 카페에다 아들 친구들한테 편지를 쓴다. 친구들이 호민이를 살뜰하게 도와주고 챙겨주는 것이 고맙고, 그 고마움을 표현하지 못하는 아들을 대신해서 편지로 내 고마운 마음을 전한다. 그러면 아이들도 한마디씩 답장을 써주곤 한다. 카페가 친구들과 호민이의 사이를 좁혀주는 역할을 하는 것이다.

내가 매일 학교를 들락거리며 담임 선생님을 만나고, 반 친구들한테 호민이를 부탁하고, 시도 때도 없이 교문 앞을 지키고 서 있어도 아무도 나를 극성 엄마라고 하지는 않는다. 오히려 측은하고 가엾은 눈빛으로 바라보는 시선들이 부담스러울 때가 많다.

나도 가끔은 내 아이가 정상적으로 잘 자라서 학교에는 일 년에 한두 번만 방문하고, 조용히 내 생활을 즐기는 상상을 한다. 그렇지만 그야말로 상상일 뿐이다. 나는 오늘 아침도 곱게 화장하고, 아이 손을 잡고 학교에 간다.

6-2반 친구들아 안녕? 변호민 엄마랍니다...^^*

아기 같던 우리 친구들이 어느새 6학년이 되고, 한 학기가 다 지나갔네요.

부모들이 보기엔 여전히 아기들 같은데 우리 친구들이 들으면 섭섭하겠죠?

변성기가 찾아온 친구들도 더러 있을 테고... 음~ 여자친구들도 새 손님(?)을 맞이한 친구가 많을 테지요.

그렇게 어른이 되어 가는 친구들을 보며 엄마아빠는 흐뭇하기도 하고 아쉽기도 하답니다.

언제까지나 귀염둥이 아기로 남길 바라는 마음과, 어서어서 자라서 자기 몫을 거뜬히 해내는 의젓한 어른이 되길 바라는 마음이 반반이랍니다...^^*

옛 어른들 말씀에 자식은 어른이 되어도 부모님 눈에는 언제나 어린아이로 보인다고 하시더니 우리 친구들이 키가 쑥쑥 자라서 덩치가 엄마만큼 커졌는데도 엄마 눈에는 언제나 아기 같아 보이니... 옛말 그른 것 하나도 없나 보네요...^^*

처음 6학년이 되고 호민이가 어떤 친구들과 한 반이 되었을까... 아줌마는 많이 궁금했지요.

친구들보다 부족한 면이 많은 호민이니까 학교에서나 어디서나 다른 사람의 도움을 많이 필요로 하잖아요. 그동안 선생님 과 친구들이 많이 도와주고 돌봐주었기에 호민이가 6학년까지 다닐 수 있었지요.

6학년이 되어서도 호민이가 아침마다 학교에 즐겁게 가는 것을 보며 아줌마는 안심을 했답니다. 그래… 6학년에도 여전 히 좋은 친구들과 한 반이 되었구나… 하구요~!

호민이는 말은 잘 못하지만 무척 예민하고 착한 아이랍니 다… 다 아시겠지만~! 호호호…

엄마 눈에 착하지 않은 자식이 어디 있겠어요… 그치요??

수학여행 다녀와서 호민이가 참 많이 의젓해진 걸 느꼈어요.

선생님과 친구들이 잘 돌봐주었기 때문에 수학여행도 가능 했겠지요…

특히 남자친구들 고마워요… (여자친구들 삐지기 없기~!! ^0^)

호민이가 남자니까 고학년인 지금은 학교에서도 남자친구 들의 도움이 많이 필요할 것 같아요. 수학여행 때도 그랬고요… 모두모두 고마워요~!

호민이가 친구들한테 무척 고마워하고 있을 거예요.

말로 표현할 수 없어서 그냥 가만히 있는 걸 거예요… 아줌 마가 대신 고마움을 전해요~ ^^*

곧 여름방학이네요.

방학 중에 좋은 계획들 많이 세워 놓았나요?

초등학교 마지막 여름방학인데 좀 신나게 놀고 여행도 하고 그랬으면 좋겠지요?

중학생 되면 진짜 공부 열심히 해야 하는데, 모두들 의미 있는 여름방학이 되었으면 해요~*

호민이는 언제나처럼 잘 놀고 잘 먹고 잘 자는 방학이 될 거예요... 하하하~~

한 학기동안 호민이 잘 챙겨주고 도와줘서 정말정말 고마웠어요...

2학기 때도 부탁해요...*^^*

모두들 건강한 여름이 되길 기도하며...

7월 12일에 호민엄마가 6-2반 친구들한테...^^*

┉┉┉┉┉┉┉┉┉┉┉┉┉┉┉┉┉┉┉┉┉┉┉┉┉┉┉┉┉┉┉┉

↳ 김○현 좋은 글 보내주셔서 감사합니다~~ ^^   [07/14-12:06]

↳ 박○정 정말 고맙습니다   [07/16-13:17]

↳ 윤○진 호민이가 어렵지만 잘해 볼게요.
         저도 호민이랑 친해졌으면 합니다...   [08/26-20:02]

자폐에 빠진
엄마

마트에서 주차장에 올라오자마자 여름 내내 말썽이었던 윈도 브러시를 갈아 끼웠다. 삼 분이면 뚝딱 해치울 일을 벼르고 별러 이제야 끝냈다. 설명서대로 따라하면 혼자서도 충분히 할 수 있는 일인 걸 공연히 남편만 바라보고 있었나 보다 생각하니 웃음이 난다. 그동안 자동차에 관한 일은 남편이 다 알아서 해줬다. 엔진오일은 언제 교환하는지, 냉각수가 뭔지 아무것도 모르고 지내온 터였다. 그야말로 운전하고 연료 보충하는 것 외에는 자동차에 대해서 전혀 모른다. 솔직히 알려고도 하지 않았다.

유난히 비가 많았던 여름 동안 윈도 브러시가 늘 말썽이었다. 너무 오래 사용하다 보니 유리에 닿는 고무가 낡아서 빗물이 깨끗이 닦이지 않았다. 운전 중에 비가 내리면 낡은 윈도 브러시를 어서 갈아치워야지 하다 가도 집에만 들어서면 까맣게 잊어버렸다. 다음날 운전하다 보면 또 비가 내리고, 카센터에 들러서 갈아야지 하다가 비 그치면 또 잊어버리고...

남편한테 얘기하면 밤중에라도 갈아주었을 테지만, 건망증이 극에 달한 내 기억력으론 도무지 감당이 안 되는 일이었다.

우리 집에 와본 사람들은 단출한 살림살이에 놀란다. 집에 비해 가구가 너무 부족하고 그나마 유행이 지나서 후줄근한 것을 보며, 당장 필요한 것 외에는 살림살이가 제대로 갖춰지지 않은 콘도미니엄 같다고들 한다. 구 년 전 아파트를 분양받아 입주하면서 장만했던 커튼은 색이 바래고 찌들어서 깨끗이 세탁을 해도 우중충하다. 도배도 장판도 구 년째 그대로지만 도무지 바꿔야겠다는 마음이 들지 않는다.

우리 집에는 화장대도 없다. 욕실 선반 한 켠에 몇 안 되는 화장품을 두고 서서 대충 화장을 한다. 호민이가 어렸을 때 스킨을 병째 마셔버리고, 큰맘 먹고 산 에센스를 모두 쏟아버리는 통에 아이 손이 닿지 않는 욕실 선반 위로 화장품을 옮겼는데, 습관이 되어서 지금까지 그대로 사용하고 있다.

안방에 있던 전신거울은 오래 전에 호민이와 같은 조기치료실에 다니던 아이가 놀러왔다가 넘어뜨려 깨버렸다. 덕분에 거울 한번 보려면 욕실로 들어가야 한다. 주부라면 누구나 욕심을 낸다는 유명 메이커 그릇도 유행이 다 지나도록 관심이 없다.

우리 집에 놀러 온 사람들은 커튼은 이런 게 유행이고, 가구는 이런 색상 저런 디자인이 유행이라며 은근히 나를 부추긴다. 귀가 솔깃하다가도 그들이 돌아가고 나면 그뿐이다.

매일 허겁지겁 아이 뒤만 따라다니다 보니 캐주얼차림에 랜드로바 한 컬레로 일 년을 난다.

"어머, 호민엄마 유니폼 바뀌었네?"

어쩌다 새로 산 옷이라도 입고 나타나면 사람들이 나를 놀리느라 하는 소리다. 계절마다 한두 벌 옷이면 족하다. 색상이나 디자인 맞춰 골라 입을 옷도 없을뿐더러, 평범한 아줌마들처럼 동창회나 계모임조차 나갈 수 없는 형편이니 근사하게 차려 입고 나설 자리도 없다.

십 년 넘게 짧은 커트 머리를 고수하는 내게 주위에서는 파마나 염색으로 변화를 주라고 성화다. "그 헤어스타일 지겹

지도 않나 봐? 여자인지 선머슴인지 모르겠네, 정말~!"

한번은 선크림을 사려고 화장품 가게에 들렀다. 주인이 이것저것 잡다하게 내놓기에 요즘 인기 있는 걸로 달라고 했다. 물건 살 땐 늘 이런 식이었다.

"그냥 아무거나 주세요."

그랬더니 이번에는 아로마 향이 어쩌고 향 타령이었다. 나는 손에 잡히는 대로 집어서 계산을 하고 가게를 나왔다. 다른 사람들은 저 많은 화장품들을 골라 쓰느라 얼마나 골치가 아플까 공연한 걱정을 하며.

호민이를 키우며 너무 많은 것을 잊고 살았다.

가만히 생각해 보면 나도 할 줄 아는 게 제법 많은데 다 포기하고 살아왔다. 아니다. 포기했다기보다 무심해졌다는 말이 적절하겠다. 내 사생활뿐만 아니라 아무리 사회적 이슈가 되고 만인의 시선이 집중되는 일이라 해도 시들하기는 마찬가지였다. 주식도 로또도 내겐 딴 세상 얘기다.

내 관심은 오직 자폐와 장애인과 소외된 사람들에 집중되어 있었다. 언제 어디서나 그들에 관한 얘기만 들으면 주책없이 눈물이 나고, 그들 중 누군가가 억울한 일을 당했다 하면 내 일도 아니면서 쌍심지를 켜고 덤벼들었다. 친한 친구가 이런 태도를 꼬집으며 충고를 했다.

"너는 왜 그렇게 매사를 무미건조하게 사니? 너 볼 때마다 안타깝고 마음이 아파. 아이도 중요하지만 네 인생도 중요하다고 생각해. 다른 사람들은 어떻게 사는지 좀 돌아봐. 너처럼 아이한테만 매달려서 사는 엄마가 요즘 어디 있는 줄 아니?"

"나도 자폐라서 그래. 자폐가 뭐 별건가? 자기가 생각하고 싶은 것만 생각하고, 말하고 싶은 것만 말하고, 듣고 싶은 소리만 듣는 거야. 그러다 수틀리면 확 엎어버리는 거지."

말해 놓고 보니 그동안의 삶이 정말 그랬던 것 같아 문득 서글퍼졌다.

저녁에 퇴근해서 돌아온 남편한테 윈도 브러시 갈아 끼운 얘기를 자랑스레 늘어놓았다.

"이제 보니 나도 할 줄 아는 게 있더라고요. 그동안 너무 갇혀 살았다는 생각이 드네요. 이참에 자폐에서도 슬슬 빠져나와 볼까? 누가 그랬잖아요. 세상은 넓고 할 일은 많다. 세상이 나를 필요로 하기는 할까요? 호호."

마음 깊이 숨어 있던 소망들이 머리를 삐죽 내미는 날이었다. 또 다른 삶을 찾기엔 너무 멀리 와버린 것은 아닐까? 머뭇거림도 함께 찾아왔다.

우리 동네
접수하기

학교 가는 길에 문방구 하나가 개업했다. '선물의 집'을 겸해 규모가 꽤 크고 알록달록 예쁜 학용품과 선물용품이 가득해서 기존에 있던 문방구보다 아이들의 출입이 잦다. 호민이도 걸핏하면 그곳을 들르는 눈치다. 거기서 본 새로운 장난감 자동차나 알파벳 스티커를 사달라고 조른다.

하루는 '레빗 자'를 사야겠다고 하도 보채기에 도대체 어떻게 생긴 물건인가 궁금해서 같이 갔더니, 토끼가 그려진 20센티미터 자였다. 계산을 하는데 주인아줌마가 호민이를 알은체하며 "결국엔 샀구나." 한다. 며칠째 들러서 만져보고는 "돈이 없네… 돈이 없네…" 하면서 그냥 가더라 했다.

내가 동행을 해야 외출이 가능했던 아이가 여섯 살에 선교원에 다니기 시작하면서부터 혼자서 밖으로 나가는 날이 많아졌다. 아파트 내의 놀이터에 잠깐씩 나가 놀던 것이 점점 범위가 넓어져 가까운 공원 놀이터에도 가고, 상가에도 자연스럽게 드나들었다. 막무가내로 가게에 들어가서 이것저것 만져보고 포장을 뜯어 놓고 물건을 들고 오는데, 감당이 안 될 지경이었다. 한번은 물건 값을 변상하려고 슈퍼마켓에 갔더니 주인 아줌마가 눈길도 주지 않고 대뜸 큰소리부터 쳤다.

"물건 안 팔아줘도 상관없으니 그 녀석 우리 가게에 못 오게 해요. 요즘 젊은 사람들 애 귀한 줄만 알지 가정교육은 영 엉망이야."

나는 아무 말도 못하고 호민이가 뜯어 놓았다는 과자봉지만 주섬주섬 챙겨 들고 나왔다. 쏟아지는 눈물에 눈앞이 흐려져 어떻게 집까지 왔는지 기억에 없다.

제 발로 돌아다니는 아이를 집에다 꽁꽁 묶어 둘 수도 없고, 왕성한 호기심을 주체할 수 없는 아이를 집 안에 주저앉혀 놓는 게 능사는 아니다 싶어서 내가 마당발이 되기로 작정했다.

일단 사람들에게 호민이의 존재를 알리는 걸 목표로 삼았다. 눈 깜짝할 사이에 사라져버리는 아이를 찾는 게 내 일과이니, 아무래도 많은 사람이 호민이를 알고 있으면 아이를 찾는 게 훨씬 수월하겠다 싶은 얄팍한 계산이 깔려 있었다.

그래서 동네 학원을 한 곳 정해서 다니게 했다. 또래 아이들이 반드시 거치는 미술 학원이나 피아노 학원은 언감생심 꿈도 꿀 수 없었다. 제자리에 붙어 있지를 않고 산만함 그 자체인 호민이에겐 좀 어수선(?)하긴 해도 눈치 보이지 않을 태권도 학원이 제격이겠다 싶어 바로 등록을 했다. 운동신경이 둔하고 굼뜬 호민이는 띠나 단 급수에 개의치 않고 놀이 삼아 태권도 학원에 다녔다. 스트레칭과 달리기 등 기초체력 다지는 운동을 주로 했다. 운동 가는 시간을 수시로 바꿔주었는데, 매시간 다른 아이들을 학원에서 만나게 함으로써 호민이를 더 많은 아이들에게 알리려는 의도였다. 덕분에 초등학교에 입학했을 때쯤에는 호민이를 알아보는 아이들이 많아졌고, 학교나 동네에서 호민이를 잘 아는 학원 아이들의 도움을 받을 수 있었다. 학교에서 호민이가 놀림이나 괴롭힘을 당하면 태권도 학원 친구들이 나서서 혼을 내준다는 얘길 듣고 의리 있는 사나이들이라고 칭찬을 해주었더니, 녀석들은 당연히 해야 할 일 아니냐며 진짜 사나이라도 된 듯 으스댔다.

슈퍼마켓 직원들과 안면을 트고 난 후로는 물건 사는 훈련을 시켰다. 호민이를 혼자 들여보내고 나는 밖에서 기다렸다. 사고 싶다는 물건을 미리 정하고 액수를 대충 맞춰서 돈을 쥐어 들여보내도 막상 슈퍼마켓 안에 들어서면 사려는 것이 너무 많아서 늘 지닌 돈을 초과했다. 그런 날은 계산대 앞에서 호민이와 직원 사이에 실랑이가 벌어졌다. 돈 계산이 서툰 호민이는 사고 싶은 물건을 빼앗는 직원들 앞에서 생떼를 쓰며 울고불고 난리를 쳤다. 하지만 혼자 들어간 호민이에게 지닌 돈만큼만 물건을 주라고 미리 부탁을 해놓은 터라 고집은 이내 꺾였다. 그러면서 차츰 물건값에 대한 개념이 생겼다. 이제 문방구에서 간단한 문구를 사는 것쯤은 호민이도 할 수 있다. 이것저것 구경하느라 시간이 많이 걸리긴 해도.

구 년 전 아파트에 이사 와서 일 년 동안 동네 반장을 했다. 호민이의 장애를 완전히 파악하지 못한 주민들의 성화에 떠밀려 쓰게 된 감투였는데, 결과적으로 호민이를 제대로 알리는 계기가 됐다. 한 달에 한 번씩 열리는 반상회 때 집집마다 아이를 데리고 다니며 호민이의 모든 것을 보여주었다. 반상회 동안 침대에서 뛰고, 이불장 옷장 다 뒤지고, 화장실 들락거리며 변기 물을 계속 내리고, 집안을 뛰어다니며 이상한 소리를 꽥꽥 지르고... 말려도 소용이 없던 때라 동네 아줌마들은 반상회 때마다 '자폐아'의 진면목을 봐야 했다.

아파트 사람들이 호민이를 잘 몰랐을 때는 이상한 행동에 대해 말들이 많았다. 엘리베이터 타는 걸 좋아해서 하루에도 몇 번씩 통로마다 돌아다니며 엘리베이터를 탔다. 어느 땐 밤중에도 통로를 뛰어다니며 신나서 소리를 질러 대니 남들이 좋아할 리 없었다. 엄마가 애를 너무 풀어놔서 버릇이 없다는 소리까지 들렸다. 아이들은 아이들대로 호민이를 '바보야 ~ 바보야~' 하며 놀려댔다.

반상회를 계기로 호민이의 특성을 자연스럽게 털어 놓자, 엄마들은 아이들한테 호민이를 잘 돌봐주라고 타일렀다. 우리 집의 사정을 알고 나서는 모두들 뭐든 도와주려고 애를 썼다. 호민이를 잃어버렸을 때도 제 자식처럼 나서서 찾아주었고, 진심으로 위로하고 격려하는 든든한 동지가 되었다.

지금도 호기심 많은 호민이는 동네에 개업한 문방구나 슈퍼마켓, 선물의 집, 세탁소, 심지어 사진관까지 다 들여다봐야 직성이 풀린다. 한두 번 들르는 걸로 끝나는 게 아니라 샅샅이 들여다보길 원하니 주인과 호민이가 서로 질릴 때까지 기싸움이 계속된다. 나도 덩달아 가게 주인들과 친해질 수밖에 없다. 호민이의 가게 탐문이 끝나면 그냥 나오기가 뭣해서 당장 필요한 게 아니더라도 한 가지씩 사곤 한다.

교회에서 주일학교 교사를 몇 년 했더니 길에 나서면 아이들이 "선생님! 선생님!" 하며 알은체한다.

"이 오빠 왜 이래요? 어디 아파요? 왜 장애인이 됐어요?" 여자아이들의 호기심 가득한 질문이 쏟아진다. 우리 동네에서 호민이 모르는 사람은 간첩이다, 하하하!

즐거운
신문아줌마

나는 1995년 10월부터 2002년 3월까지 육 년 반 동안 신문 배달을 했다.

1995년 당시 내 건강은 최악의 상태였다. 우울증에 피해 망상까지 겹쳐서 하루하루 피폐해져 갔다. 호민이의 장애가 나로부터 비롯된 것은 아닐까 하는 막연한 죄책감에 시달렸고, 나아지지 않는 아이의 미래를 생각하면 생을 포기하고 싶을 만큼 절망스러웠다. 온종일 울고 보채는 아이를 업고 다니느라 저녁이 되면 몸을 가눌 수 없을 정도로 피곤했지만 이상하게 정신은 또렷했다. 하루 종일 먹지 않아도 배가 고프지 않고, 잠도 오지 않았다. 말수도 점점 줄어서 이러다 나마저 자폐가 되는 것은 아닐까? 차라리 미쳐버려서 아무것도 모르면 좋겠다는 생각이 드는 날도 많아졌다.

평소에 이런 나를 안쓰럽게 지켜보던 친구가 말했다. "애보다 엄마가 더 걱정이네. 매일 잠깐씩이라도 너만의 시간을 가져보면 어떻겠니?"

마침 아파트에 신문 배달하던 아줌마가 일을 그만둔다고 해서 내가 해보기로 했다. 각 신문사 지국에서 아파트까지 신문을 배달해주니, 내가 할 일은 집집마다 구독하는 신문을 찾아서 투입구에 넣어주면 그만이었다. 배달해야 할 신문은 80부 정도였다. 넉넉잡아 한 시간이면 끝낼 수 있었다. 호민이가 잠자는 시간에 하는 일이어서 아이한테 얽매이지 않고, 새벽공기를 매일 마시니 몸도 마음도 한결 맑아지고 가벼워졌다.

배달료가 십만 원도 안 되어서 다른 사람들은 한두 달 하다가 그만두곤 했지만, 나한테는 돈으로 환산할 수 없는 큰 의미가 있었다. 남들 다 자는 시간에 적막한 아파트를 돌아다니는 게 처음에는 무서웠지만, 어둠에 적응이 되고 나니 오히려 혼자만의 오붓한 새벽 시간을 즐기게 됐다. 비 오는 날 신문뭉치를 안고 우산을 받쳐 쓰는 일에도 이내 요령이 생겼다. 밤새 내린 눈 위에 첫걸음을 내딛을 때는 자연에 대한 경외감에 선뜻 발이 떨어지지 않았다.

몇 번인가 내 기척에 잠이 깬 호민이를 데리고 나가 신문배달하는 모습을 보여주기도 했다. 내가 배달할 신문을 들고 엘리베이터를 타고 올라가면 호민이는 밑에서 기다리거나 깜깜한 놀이터에서 혼자 그네를 타고 놀았다.

신문배달 일을 시작하고 한 달 후부터 집 가까이 있는 교회에 새벽예배도 나갔다. 새벽 3시 반에 일어나 신문을 돌리고, 5시 새벽예배에 다녀와서 샤워하고 아침식사를 준비했다. 신문배달이 건강을 돌려주었다면, 새벽예배는 끊임없이 스스로를 정죄하고 괴롭히던 나를 용서하는 계기가 되었다.

장애아를 원하는 부모는 이 세상에 아무도 없다. 우리 부부도 건강하고 똑똑한 아이가 태어나리라 조금도 의심치 않았다. 그런데 낳아 기르다 보니 별스럽고 까다로운 아이임을 알았다.

호민이는 갓난아기 때부터 모유를 먹을 때 외에는 언제나 내게 등을 돌렸다. 안아주면 상체를 뒤로 힘껏 젖혀서 늘 한 손으로 등을 잡아주어야 했다. 아이가 엄마인 나조차 거부하며 혼자만의 세계에 빠져들수록 나도 서서히 마음속에서 아이를 밀어내고 있었음을 깊은 묵상기도 끝에 알았다. 겉으로는 아이한테 끊임없이 자극을 주고 쫓아다니면서도 무의식은 아이에게서 멀어지길 간절히 원했던 것이다.

　나의 이중적인 모성을 깨닫고 거의 한 달 동안 매일 밤 아이 앞에 눈물로 사과했다. 제발 나를 엄마로 받아달라고 애원도 했다. 한 달 뒤 호민이는 나를 받아들인다는 표시로 내 목덜미를 꼭 끌어안으며 웃어주었다. 태어나서 처음으로 호민이가 먼저 나를 안아준 날이었다. 그 순간 오랫동안 나를 괴롭히던 죄의식과 절망에서 해방될 수 있었다. 아이의 장애는 더 이상 내게 장애가 아니었다.

　남편은 몇 년 뒤 술기운을 빌려서, 그날 저녁 우리 모자의 모습은 세상에서 가장 아름다운 그림이었다고 극찬을 했다.

　새벽예배를 다녀오니 호민이가 깨어 있었다.
　"멋진 엄마 아들 잘 잤어? 엄마 어디 다녀왔는지 알아맞혀 보세요."
　"신문 가지러."
　"땡, 틀렸습니다. 다시 말해 보세요."
　"교회."

"네, 맞았습니다."

그만둔 지 일 년이 훨씬 지났지만 호민이는 엄마가 여전히 새벽마다 신문배달을 하는 줄 알았나 보다. 집집마다 인터넷이 연결되면서 신문 구독자도 많이 줄어 신문배달을 계속해야 하나 망설이고 있을 때 호민이가 장염으로 입원을 했다. 아이의 입원을 핑계 삼아 오랫동안 내 별명이었던 신문 아줌마에서 벗어났다. 새벽예배 가는 길에 우유나 신문을 배달하는 모습을 보면 낯선 사람이라도 반가움에 인사를 건넨다. 그들의 소망에 파이팅을 보내며.

장애아의
아빠로 산다는 것

휴일 오후, 호민이가 무료함을 달래지 못해 온 집안을 서성거린다. 보다 못해 쉬고 있는 남편한테 아이하고 산에라도 다녀오라고 했더니 나보고 대신 가면 안 되겠느냐고 한다.

"아빠가 저러니 호민이가 아빠 아들이라고 안 하고 엄마 아들이라고 하지."

"아이구, 또 그 소리. 호민아, 어디 가고 싶어?"

내 말 한마디에 남편은 꼼짝없이 자리에서 일어선다. 하지만 오륙 년 전까지만 해도 남편은 회사일, 나는 집안일과 호민이 키우는 것으로 역할이 확연히 구분되어 있었다. 이름만 부부일 뿐 서로 마주앉아 진지하게 대화 한번 나누지 않을 정도로 서먹서먹한 사이가 오랫동안 지속됐다. 남편은 호민이가 장애 진단을 받으면서부터 회사일을 핑계 삼아 육아와 교육, 심지어 아이의 장애에 대해서조차 철저히 외면했다. 지금도 남편은 '돈 버는 기계'를 자처하며 호민이에 관한 일은 내가 다 알아서 하길 원한다. 나는 사춘기가 된 아들한테는 엄마보다 아빠가 더 필요하다며 시간만 나면 호민이를 남편한테 떠맡긴다.

"요 녀석 빨리 키워서 낚시 데리고 다녀야지."

호민이가 어렸을 때 남편이 늘 하던 소리다. 시간만 나면 아기를 안고 흔들어 대는 남편에게 아기 머리 나빠진다고 잔소리를 해도 웃기만 했다. 호민이가 8개월쯤 되었을 때는 대중목욕탕에 아기를 데리고 가겠다고 우겨서 말리느라 진을 뺐다. 그런 아빠의 마음을 아는지 모르는지 아기는 안아도 별반응이 없고, 웃어주기는커녕 눈도 맞추지 않았다.

"우리 아들 역시 사나이답다. 남자는 과묵해야지, 사나이가 웃음이 헤프면 못 쓰는 거야."

"내 친구 애기는 10개월에 걸었다는데 얘는 첫돌이 다 되도록 왜 안 걷지?"

"걱정 마, 나도 두 돌이 다 되어서 걸었대. 나 닮아서 그래."

돌이 되도록 걸을 생각도 안 하고 사람이 다가가면 몸을 움츠리는 아이, 같이 놀자고 잡아 끌어도 금세 돌아앉아 자기만의 놀이에 몰입하는 아이를 이상하다고 여기기 시작했을 때에도 남편은 자기 닮아서 늦되는 것이니 걱정하지 말라고 큰소리 탕탕 쳤다.

30개월에 찾은 대학병원에서 '유사자폐' 판정을 받았다. 무식하면 용감하다고 이제 병명도 알았으니 전문가한테 특수교육 잘 받으면 곧 나을 것이라고 별 걱정을 하지 않았던 나와 달리, 몰래 자료와 정보를 찾은 남편은 그때 이미 아이의 상태가 심각하다는 것을 알고 있었다고 한다.

어느 날부턴가 남편의 주량이 늘어났다. 거의 매일 쓰러질 때까지 마셨다. 밖에서 안 마시면 집에 술을 사 들고 와서 혼자 마셨다. 취하면 나와 호민이를 불러 앉혀 놓고 신세 한탄을 늘어놓거나 엉엉 소리 내어 울기까지 했다. 그러고도 술이 깨면 아무것도 기억하지 못하는 것 같았다.

한밤중에 술이 취해서 호민이를 데리고 나갔다가 새벽녘에 들어오기도 했다. 이런 놈은 훈련을 단단히 받아야 인간이 된다며 밤중에 얼마나 끌고 다녔는지, 호민이는 무릎이 까지고 땀이 범벅이 되어 있었다. 그 뒤로도 한동안 아빠가 술에 취하면 불안해서 낄낄 웃으며 집 안을 돌아다녔다.

몇 달이 지나자, 남편은 주말만 되면 아예 집에 들어오지도 않았다. 연락도 없이 토요일이면 사라졌다가 월요일에 회사로 곧장 출근하는 날이 많아졌다. 어쩌다 토요일에 집으로 퇴근했다가도 낚시도구를 챙겨 도로 나갔다. 하루 종일 이리 뛰고 저리 뛰는 아이를 잡으러 다니느라 저녁이면 녹초가 된 나는 남편까지 안 들어오는 날은 살고 싶지 않을 만큼 절망감에 휩싸인 채 잠든 아이 옆에서 밤을 새웠다.

얼마 동안은 남편의 방황을 애써 모르는 척했다. 얼마나 괴로우면 저럴까 연민마저 생겼다. 그런데 날이 갈수록 나와 아이를 외면하는 남편이 미워졌다. 휴일이면 가족끼리 나들이 가는 사람들이 부러워 혼자서 아이를 데리고 공원에 갔다. 옹기종기 모여 앉은 가족들, 함께 공을 차는 아빠와 아들을 물끄러미 바라보다가 나도 모르게 눈물이 났다. 조기치료실에서 하는 부모교육에도 나 혼자 가고, 외식도 쇼핑도 아이와 둘이서만 했다.

그때는 꿈만 꾸면 늘 절벽이었다. 언제나 나 혼자서 아이를 데리고 가파른 절벽 중간쯤에서 올라갈 수도 내려갈 수도 없는 상태로 매달려 있었다. 꿈속에조차 남편은 없었다. 아이는 아이대로 가망이 없어 보였다. 남편도 아이도 내게는 너무 벅찬 짐이었다.

하루는 작심하고 술 취해 들어온 남편을 붙들고 대판 싸움을 걸었다.

"나만 부모야? 왜 나한테만 아이를 맡겨 놓고 당신은 당신 맘대로 편하게 사는 거야? 이렇게 사느니 차라리 갈라서. 당신 같은 남편, 차라리 없는 게 나아."

남편은 말없이 나와 아이를 쳐다보고 있었다.

"입이 있으면 말을 좀 해봐요. 변명이라도 좋으니 무슨 말이든 해보란 말이야. 우리 부부 맞아? 당신, 호민이 아빠 맞아?"

실컷 퍼붓고도 성이 차지 않아 호민이를 데리고 밖으로 나가버렸다. 남편은 우리가 나가든지 말든지 또다시 술을 꺼내서 마셨다. 막상 밤중에 아이를 데리고 나오니 갈 데가 없었다. 역으로 가서 기차를 타고 부산에 갔다. 돌아오는 기차가 없어서 여관에서 하룻밤 자고 다음날 저녁 늦게 집으로 돌아왔다.

"나도 너무너무 힘들었어. 사는 재미가 하나도 없잖아. 열심히 일해서 돈 벌어봐야 애한테 다 들어가고… 언제까지 이렇게 살아야 하나 생각하면 미쳐버릴 것 같다고. 그동안 당신하고 호민이한테 많이 잘못했어. 미안해."

우리 부부는 처음으로 솔직한 대화를 하며 서로에 대한 연민으로 한참을 울었다.

남편은 작년에 15년 동안 근무하던 직장을 그만두고 지금은 어린이집에서 승합차를 운전한다. 어린 아이들을 태우고 다니는 것이 여간 조심스러운 일이 아닐 텐데 날마다 싱글벙글이다.

"당신, 어린애들이 얼마나 예쁜지 알아?"

"오늘은 어떤 애가 차에서 오줌을 쌌는데…"

"지민이하고 지수는 남매지간인데 서로 어찌나 잘 챙기는지."

나날이 수다가 늘어가는 남편을 보고 있으면 마음이 아려온다.

"그러게 이쁜 딸내미 하나 더 낳아준다니까 왜 마다하는 거예요?"

"차암내! 또 쓸데없는 소리 한다."

아이들의 해맑은 웃음과 천진한 몸짓, 끊임없이 쏟아지는 재잘거림 속에서 무뚝뚝한 아들한테 느낄 수 없는 기쁨을 찾는 남편이 가엾다. 멀쩡한 자식 하나 없는 것이 내 탓인 것만 같아 미안한 마음에 괜한 트집을 잡아본다.

누명

이건 누명이다. 모른 척 덮어두기에는 너무 억울하다는 생각을 떨칠 수가 없었다. 전화기를 든 손이 파르르 떨린다. 신호음이 가는 몇 초 동안 입이 바짝 말라버렸다.

"여보세요?"

상대방의 목소리를 듣는 순간 온몸이 덜덜 떨려서 바닥에 털썩 주저앉았다.

"저는 오늘 ○○에서 선생님 강의를 들은 사람인데요, 선생님께서 하신 말씀 중에 제 마음을 너무 불편하게 한 내용이 있어서요."

목소리를 크게 하려고 연신 헛기침을 해댔다. 그럴수록 소리는 자꾸 안으로 기어들어간다. 작고 떨리는 내 목소리가 답답했던지 상대방은 안타깝다는 투로 조금 크게 말씀해주세요, 한다.

글쓰기 수업 중이었다. 사물이나 현상을 보는 시각에 대한 내용을 강의하고 있었다. 어떤 상황과 맞닥뜨릴 때 고정관념을 가지고 대하면 좋은 문학작품이 나오지 않는다. 비틀어보고 뒤집어보고 처음 대하는 것처럼 낯설게 보는 연습을 하라. 그러면서 예화를 드는 중에 이런 말이 있었다.

'장애인 아들을 가진 엄마가 있었단다. 성인이 되어도 장가조차 갈 수 없는 아들을 바라보는 엄마의 마음이 어떠했겠나? 평생 여자하고 성관계 한 번 못 해볼 아들이 너무 불쌍하고 안타까워서 어느 날 엄마가 성상대가 되어줬다더라. 이때 우리는 그 엄마의 행위를 비난해야 하겠는가, 동정해야 하겠는가? 그 상황 속의 엄마는 청년의 엄마가 아니라 단지 하나의 사물일 뿐이었다. 여자도 엄마도 아무것도 아니다. 그 순간 그녀는 장애인 청년의 성적상대 그 이상도, 그 이하도 아니다. 누가 그녀에게 돌을 던질 것인가?'

그 외에도 심청과 심 봉사 사이에 근친강간이 있었을 수도 있다는 '심청전 비틀기' 등 여러 가지 예화를 다루었다. 그러나 나는 이미 정신이 아득해져서 수업이 어서 끝나기만 기다렸다. 살아있다는 것이 형벌처럼 느껴졌다. 꼭 한번은 짚고 넘어가야 할 일임에는 틀림이 없다는 생각으로 전화를 했다.

내가 바로 중증의 발달장애아들을 둔 엄마라고 소개를 했다. 우리 아이가 마침 사춘기라 몰래 자위도 하고 몽정도 한다. 다행이라면 집밖이나 공공장소에서는 그러지 않고, 또 적당한 운동과 학교생활로 바빠서 자주 그런 모습을 보이지도 않는다. 몇 마디 내 얘기를 하기 시작하자 목소리도 차분해지고 담담해졌다. 자세를 고쳐 앉았다.

"성생활이란 게 꼭 상대가 있어야 가능한 것은 아니지 않나요? 우리는 아이한테 그것도 가르칩니다."

아들의 사춘기를 코앞에 둔 초여름 날이었다. 비슷한 장애를 가진 아들을 둔 엄마들끼리 수다를 떨다가 누군가 몽정 얘기를 꺼냈다. 우리는 약속이라도 한 것처럼 일순 입을 다물어 버렸다. 곧 닥쳐올 폭풍우를 감당해 낼 재간이 없어 보였다. 세상에서 가장 어려운 숙제를 받아 들고 며칠을 앓았다. 아들을 똑바로 쳐다볼 수도 없을 만큼 마음이 아팠다. 그러다 내린 결론이 정면 돌파였다. 애초에 피한다고, 외면한다고 결론이 나는 일이 아니다. 그래, '배설'이라고 여기자. 차근차근 반복해서 가르치다 보면 말귀 어두운 아이라도 알아들을 때가 오겠지.

'네 방에서나 화장실에서 고추 만지는 것은 괜찮아. 하지만 사람들이 있는 곳에서는 절대로 그러면 안 된다. 네가 남자고 어른이 되어간다는 거야. 결코 부끄럽거나 나쁜 짓은 아니지만 사람들은 다 숨어서 가만히 하기로 약속이 되어 있어. 네가 화장실에서 똥 누거나 샤워할 때 문을 잠그는 것과 똑같은 일이야. 그게 예의라는 거야.'

오래 전 어디선가 들은 얘기다. 소설이었는지 실재였는지 기억은 없다. 일본 엄마들의 맹목적인 자식 사랑과 교육열에 관한 얘기였다. 늦은 밤 고등학생인 아들 방에 간식을 들고 간 엄마 눈에 자위 행위에 빠진 아들이 들어왔다. 공부에 열중해야 할 아들이 그러고 있으니 안타까운 마음에 엄마는 성행위에 응해주었고, 아들과 엄마는 그렇고 그런 짓을 했단다. 그 엄마는 단지 얼른 끝내고 공부에 집중하라는 의미에서였다. 그 얘기를 듣고 한참동안 일본의 보통 주부들은 다 그러고 사는 줄로 오해했었다.

나와 상관없는 사람들의 얘기라고 덮어놓고 믿어버렸다. 가자미눈으로 흘겨보며 그들보다 내 인격이 우위라는 교만에 빠져 지내던 때가 있었다. 잘 몰라서, 진위를 확인할 방법이 없어서 그랬다고 애써 변명을 해보지만 매사에 가볍고 신중하지 못했던 내가 부끄럽다. 남의 일이라고 귀가 솔깃해서 무언의 동조를 하며 은근히 눈 내리깔던 대책 없고 철딱서니 없는 모양이라니.

"제 아이가 아들이어서, 또 지금이 한창 성적으로 예민할 때라 제가 마음이 많이 불편했나 봅니다. 우리가 장애 아이 키우며 온갖 억울한 일을 당하고 오해도 많이 받지만 이제는 단련이 돼서 웬만한 일들은 그러려니 합니다. 그런데 이런 누명까지 쓰는 건 정말 너무 억울해요, 선생님."

천벌이 따로 없다. 마음이 천 길 낭떠러지로 곤두박질을 친다.

3부

·

호민이는 성장 중

기도하는
호민이

벌서기가 끝나자마자 호민이는 내게 와서 이렇게 말한다. "엄마! 기도해요."

저녁밥을 먹은 지 삼십 분도 안 됐는데 생라면을 먹다가 들켜서 손 들고 벌을 섰다. 그러잖아도 통통한 몸매 때문에 걱정인데 호민이는 요즘 저녁마다 간식거리를 찾는다. 우리 가족은 세 끼 식사 외에 간식을 별로 즐기지 않는 편이라 손님이 오지 않는 한 과일이나 커피 외에는 간식거리가 없다.

호민이는 열 번도 더 넘게 냉장고를 열었다 닫았다 해봐도 마땅히 먹을 게 보이지 않자, 라면 한 봉지를 뜯어서 한 입 베어 먹다가 아빠한테 들켰다. 무안한지 킬킬 웃으며 자진해서 손들고 벌을 서겠다고 하고선 무릎을 꿇고 앉아 200까지 숫자를 세고 나더니 기도해달라며 손을 모았다.

우리는 아이가 잘못해서 혼을 내거나 벌을 세운 다음에는 반드시 함께 기도를 한다. 벌이 끝나자마자 호민이가 기도해 달라고 한 것도 벌 다음엔 기도할 차례임을 그동안의 습관으로 미루어 알기 때문이다.

단순하고 어른에 비해 쉽게 잊어버리는 아이들은 벌을 서 거나 야단맞는 동안에 제 잘못은 까맣게 잊고 오히려 꾸짖은 어른에게 섭섭해하거나 억울한 감정을 갖게 될 수도 있다. 그 러면 아이 마음에 어른이나 세상을 향한 분노가 쌓이게 될 터 인데, 그 분노는 인격 형성에 백해무익한 감정이라는 게 평소 내 생각이다.

호민이가 아무리 큰 잘못을 해서 서로의 감정이 격해져 있 어도, 야단치고 난 후에는 오 분을 넘기지 않고 아이를 불러 손을 잡거나 안고서 기도를 한다. 방금 일어난 일에 대해서 차근차근 이야기하며 앞으로 호민이가 똑같은 잘못을 저지 르지 않게 도와달라고 기도한다. 기도의 대상은 하나님이지 만 호민이가 알아들을 수 있게 하려면 서너 살짜리 아이한테 말하듯이 최대한 쉬운 단어를 골라서 기도해야 한다.

기도하는 동안 나도 감정 정리가 되고, 호민이도 이제 기도까지 해서 제 잘못을 완전히 용서받았다고 생각해서인지 마음을 놓는 눈치다. 혼이 나고 난 후에 하는 기도의 마지막에 '아멘'을 어찌나 크게 외치는지 하나님께서도 호민이를 용서하지 않고는 못 배기실 정도다.

잠자기 전에 취침기도를 하기 시작한 것은 호민이가 여섯 살 때부터다.

그전에는 아이가 아무것도 못 알아듣는다고 판단해서 잠자리에서 동요나 자장가를 불러주곤 했다. 그런데 여섯 살이 된 어느 날, 알아듣든 못 알아듣든 기도를 해줘야겠다는 생각이 들었다. 호민이 스스로 기도를 할 수 있을 때까지만 하자던 것이 아직까지 계속되고 있다. 잠자리에 편안히 누운 채로 기도할 때가 많은데 호민이는 취침기도 시간을 좋아하고 기다린다.

기도는 그날 그날 호민이의 일과 중에 특별히 기뻤던 일이나 기분 좋지 않았던 일들을 한 번 더 짚어주며 칭찬과 위로를 곁들여 격려해주고, 하루 동안 지켜주신 하나님께 감사를 드리는 것으로 끝난다.

호민이는 여섯 살이 될 때까지 말 한마디 제대로 하지 못했다.

말이 안 되니 행동으로 자기 의사를 표현할 수밖에 없었고, 그러다 보니 자연히 이상하고 엉뚱한 아이로 찍혀서 감시당하고, 하는 일마다 간섭을 받았다. 사사건건 제지를 당하니 호민이의 욕구불만은 쌓여만 갔다. 표정은 점점 굳어지고, 행동은 거칠어지고, 우는 일은 잦아지고, 울음소리도 커졌다.

취침기도를 시작하고 언제부턴가 신기한 일들이 벌어졌다.

손을 잡고 눈을 뜬 채로 호민이를 바라보며 그날 있었던 일들을 기도하다 보면 어느새 아이는 내 얼굴을 똑바로 쳐다보고 있었다. 평소에 눈맞춤도 안 되던 아이였으니 나로선 놀랄 수밖에 없었다. 나를 응시하는 눈빛이 어찌나 진지한지 내 기도를 다 알아듣는다는 표정이었다. 자기가 원하던 장난감 자동차를 사거나 좋아하는 감자튀김을 먹으러 롯데리아에 다녀온 날은 기도하는 동안 되새겨 생각하는 것만으로도 기쁘고 즐거운지 싱글벙글 웃었다.

그리고 많이 울었거나 혼나거나 뭔지 모를 억울한 일을 당한 날은 "오늘 호민이가 이러이러해서 많이 울었답니다." 하는 말이 끝나자마자 그 상황으로 다시 돌아간 듯 진짜로 울기 시작했다. 아주 큰 소리로 대성통곡을 할 때도 있고, 조금 울다가 그칠 때도 있었다. 그러면 나도 우는 호민이를 끌어안고 같이 울었다. 아이의 등을 토닥거리거나 손으로 연신 등을 쓸어내리면서 함께 울었다.

취침기도를 시작하고 육 개월 정도 지나자 호민이는 기도할 때 더 이상 울지 않았다. 울음이 줄어든 대신 눈에 띄게 편안해지고 행동도 차분해졌다. 우리는 호민이의 하나님께서 호민이 마음에 평안을 주신 것에 감사했다.

어느 날부터인가 굳어 있던 표정이 살아나고 표현언어가 하나씩 나오기 시작하자 심리치료 담당 선생님은 이렇게 평가했다. 엄마가 매일 밤 완전히 자기 편이 되어서 기쁘고 슬프고 억울한 일들을 대신 기도해주고 함께 웃어주고 울어준 것이 호민이가 심리적으로 안정을 찾는 데 크게 도움이 되었을 거라고.

호민이는 식사기도만은 꼭 자기가 한다. 녀석의 식사기도는 아주 간단하다.

"하나님 아버지! 우리 호민이 밥 주셔서 감사합니다. 예수님의 이름으로 기도하나이다. 아멘!"

그때 그때 주메뉴에 따라 '밥'이 '국수'가 되거나 '떡볶이',

'라면'으로 바뀐다.

　호민이는 가끔씩 식사기도 전에 식탁을 쭉 둘러보고 자기가 좋아하는 반찬이 없으면 식탁에는 없지만 먹고 싶은 반찬 이름을 대며 "○○ 주셔서 감사합니다!" 해버린다.

　김이나 계란프라이, 어떤 때는 고추장에 참기름을 말하기도 한다. 그러면 나는 못 이기는 척 호민이가 주문한 반찬을 가져다준다. 지금은 없지만 주실 줄 믿고 '미리' 감사하는 그 믿음이 너무 예뻐서.

호민이의
광고 따라잡기

호민이는 화면이 금세 바뀌고 짧은 음악까지 곁들여지는 텔레비전 광고를 좋아한다. 사회적 상황에 대한 이해력이 부족한 호민이가 30초 짧은 시간에 많은 내용을 집약해서 보여주는 텔레비전 광고의 진정한 메시지를 완전히 파악한다는 것은 무리겠지만, 제품 이름이나 광고 카피를 따라 읽는 것 정도는 가능하고, 무엇보다 시엠송을 즐겨 따라 부른다.

호민이가 쇼핑을 좋아하는 이유 중 하나는 텔레비전에서 본 제품들을 직접 눈으로 보고 만져볼 수 있고, 새로 나온 음료나 과자 정도는 슈퍼에서 쉽게 살 수 있다는 걸 알기 때문인 것 같다. 쇼핑 중에 텔레비전 광고에서 본 신제품을 발견하면 광고 카피를 읊조리거나 요리조리 살펴보며 흐뭇해한다.

때때로 호민이는 광고 카피나 시엠송을 따라하는 것에 만족하지 못하고 직접 광고 속의 주인공이 되어보고 싶은 열망에 사로잡혀 사고를 치기도 한다.

한번은 아빠 신용카드의 모서리를 죄다 갈아 놓아 재발급을 받은 적이 있다. 그 즈음 무분별한 카드 발급과 사용으로 신용불량자가 늘어나고 가정경제가 파탄에 이르는 사건이 속출하자, 텔레비전에서 규모 있는 카드 사용을 권장하는 광고를 내보냈다. 카드를 쓸 때 보통 사람들이 '긁는다'라는 용어를 사용하는 점에 착안해서 여러 남녀 모델들이 카드를 대각선으로 잡고 모서리를 바닥에다 마구 긁어 대는 내용이었다. 텔레비전 화면에서는 마찰에 못 이겨 모서리가 닳아 없어지는 카드가 클로즈업된다.

호민이는 긁을수록 닳는 카드가 신기했던 모양이다. 혼자문 닫아걸고 서랍장에다 대고 열심히 카드를 '긁어 댄' 결과, 호민이는 아빠한테 눈물이 쏙 빠지게 혼이 났다.

어느 날 오후, 호민이를 차에 태우고 조기치료실에 가는 길이었다. 앞차가 급정거를 하는 바람에 나도 급브레이크를 밟았다. 다행히 충돌은 면했지만, 그 바람에 뒷자리에 무방비 상태로 앉아있던 호민이가 앞자리로 튕겨 나와 운전대에 박치기를 했다. 깜짝 놀라 일으키려는데, 호민이의 입에서 나온 한마디에 나는 그만 뒤집어지고 말았다. "○○화재! 불러만 주세요. 바로바로 출동합니다."

사고 발생 시 신속한 처리를 강조하며 '바로바로' 서비스를 내세운 자동차보험 광고를 적절하게 패러디한 호민이의 여유가 두고두고 부러울 뿐이다.

광고 좋아하는 호민이가 광고를 따라하다가 결국엔 피를 본 사건이 있었으니, 일명 '면도 놀이'가 그것이다. 광고에 나오는 수동 면도기가 욕실 선반 위에 있었는데, 수염도 안 난 녀석이 면도기 광고를 흉내내다가 베인 상처가 흉터로 남았다. 아빠는 아직 퇴근 전이고, 엄마는 쓰레기를 내다 버리러 간 사이, 혼자 남은 호민이가 일을 저지르고 만 것이다.

'베이지 않아요!'라는 카피로 유명한 면도기 광고는 빡빡머리 외국 남자가 여유 있게 면도하는 장면이 화면 가득 비치고, 곧이어 까만 표범 한 마리가 면도하는 남자를 향해 달려

든다. 호민이는 그 장면을 볼 때마다 무서운지 눈을 질끈 감
곤 했다. 마지막 장면에서는 여전히 아무 일도 없었던 듯 편
안하게 면도를 계속하는 남자가 면도기의 안전성을 강조하
는 카피 '베이지 않아요~'를 말한다.

집에 들어서는데 호민이가 얼굴에 일회용 밴드를 붙이고
서 있었다. 가끔 장난삼아 일회용 밴드를 붙이기도 해서 무심
히 넘겼다. 식탁을 차리는데 자꾸 내 주위에서 얼쩡거렸다.
배가 고파서 그러려니 했다.

남편이 돌아와서야 호민이가 면도하다가 베인 것과 윗옷
에 묻은 얼룩이 피라는 것을 알았다. 남편은 욕실에 들어가서
면도기를 확인하고, 나는 흉이 안 남는다는 연고를 찾아 발라
주며 호들갑을 떨었다. 호민이는 그때까지도 여전히 겁에 질
린 표정이었다.

저녁식사를 하면서 다소 편안해진 얼굴로 호민이가 '질문'
을 했다.

"엄마! 마하쓰리, 베이지 않아요~!"

광고에서는 베이지 않는다고 했는데 자기는 왜 베었는지
궁금하다는 말투다. 광고의 과장성과 허구성을 어떻게 설명
해야 할지 막막해서 "아들아, 광고는 그저 광고일 뿐이란다."
했다.

공휴일이다. 여전히 쇼핑을 좋아하는 호민이한테 떠밀려서 마트에 갔다. 100원짜리 동전이 있어야 쇼핑 카트를 이용할 수 있다는 것을 아는 호민이는 주차를 시키자마자 돈부터 달라고 한다. 호민이와 나란히 쇼핑 카트를 끌고 매장으로 내려가는데 아들의 어깨가 내 어깨와 얼추 키가 맞다.

엄마는 하루가 다르게 자라는 아들을 보며 대견하기도 하고 심란하기도 해서 기분이 묘한데, 호민이는 오늘은 뭘 살까 기대에 부풀어 매장 안을 휘 둘러본다. 이제는 과자나 라면, 기능성 우유 등 자기가 골라도 엄마가 반대하지 않을 것들만 쇼핑 카트에 담지만, 이삼 년 전만해도 전기밥솥이나 세탁기, 심지어 에어컨을 사야 한다며 아득바득 우겨서 쇼핑하다가 아들하고 실랑이를 벌이곤 했다. 아무튼 광고 좋아하는 아들 덕분에 새로 나온 아이스크림이나 음료수는 거의 다 맛을 보고, 치약이나 샴푸 등 생필품들도 신제품을 골라 쓰는 호사를 누리고 있다.

나도
기억할 줄 안다구요

나는 오랫동안 무지하게도 호민이가 자신의 과거를 전혀 기억하지 못할 거라 여겼다. 아니 과거고 현재고 미래고 아무 생각 없이 오직 자기가 만들어 놓은 혼자만의 세계에 자신을 가둬 놓고 자기도 세상으로 나오지 않을뿐더러, 어느 누구도 그 무엇도 그 세계에 들어가는 것을 허용하지 않는 아이인 줄로만 알았다.

눈맞춤은커녕 주위에 사람이 있다는 걸 전혀 의식하지 못하는 듯했고, 심지어 바닥에 누워있는 아기를 그대로 밟고 지나간 적도 있었다. 불러도 대답 없고 돌아보지도 않고 오직

한 가지 놀이에만 무섭게 몰두했다. 그런 내 아기 호민이가 무서울 때도 있었다.

호민이가 3학년이던 열한 살 때의 일이다.

호민이는 아파트 바로 앞에 있는 교회 주일학교에 다녔다. 예배 시간에 제자리에 잘 앉아 있지 않고, 성경 구절과 찬송가도 찾을 줄 몰랐지만 일요일 아침만 되면 신이 나서 교회로 갔다.

어느 일요일이었다. 주일학교에 간 호민이는 예배가 끝나고 다른 아이들이 다 돌아오도록 집에 오지 않았다. 갈 만한 집에 전화를 해도 모두 안 왔다는 대답뿐이었다. 한 시간이 다 되어서야 호민이가 현관으로 들어섰다. 어디 갔다 왔느냐고 묻자, "그네." 했다.

"호민이 놀이터에 갔었구나. 그네 타고 왔어?"

"호민이가 미끄럼 타고... 엄마가 엉덩이를 때렸지."

원망 섞인 목소리로 말하며 날 쳐다보는 아이의 표정에 슬픔이 배어 있었다.

"무슨 말이야? 엄마가 언제 호민이 때렸어?"

호민이는 대답 대신 무심히 신발을 벗고 거실로 들어섰다. 예배시간이 임박해서 더 이상 얘기하지 못하고 교회에 갔지만,

호민이가 한 말을 생각하느라 예배를 어떻게 보았는지도 몰랐다. 집으로 돌아오는 길에서야 오랜 기억 하나를 붙잡았다.

호민이 여섯 살 때의 일이다.

여름날의 토요일이었다. 선교원과 조기치료실이 모두 수업이 없는 날이라 집에 있었다. 내가 뒤 베란다에서 빨래하는 사이 호민이는 현관문을 열고 밖으로 나갔다.

없어진 것을 알고 허겁지겁 찾아 나섰지만 놀이터, 문방구, 슈퍼마켓, 어디에도 아이는 없었다. 온 동네 아파트와 상가들을 다 뒤지고 다녔지만 호민이를 봤다는 사람은 아무도 없었다. 두 시간이 넘게 헤매고 다니다가 지쳐서 돌아오는데 호민이가 우리 아파트 놀이터에서 혼자 신나게 미끄럼틀을 타고 있었다. 뙤약볕에 뜨거워진 놀이터에 아이들이 있을 리 없었다.

얼굴이며 온몸에 얼룩덜룩 땟물이 흐르는 호민이는 나를 보고도 계속 미끄럼틀만 탔다. 더운 줄도 모르고, 엄마가 애타게 찾으러 다닌 것도 모르는 아이가 너무 야속하고 미워서 잡아끌다시피 집으로 데리고 왔다.

옷을 벗겨 욕실에 들어갈 때까지만 해도 나는 이성을 찾으려고 애를 썼다. 머리를 감기고 샤워를 시키는데 호민이도 뭔가 불안한 감이 들었는지 계속 웃어댔다. 샤워하는 동안 계속 낄낄대는 웃음소리에 나는 그만 폭발하고 말았다. 물 묻은 아이의 엉덩이를 사정없이 때렸다. 맞으면서도 울기는커녕 더 크게 웃는 아이가 무섭고 싫었다. 눈에서는 눈물이 뚝뚝 떨어지고 입에서는 웃음이 끊이지 않는 아이가 정말 미웠다.

얼마나 시간이 흘렀을까 정신을 차리고 보니, 건드리면 핏방울이 흐를 것 같은 엉덩이를 위로 하고 엎드려 잠든 아이는 천사로 변해 있었다.

열한 살 호민이가 일요일 아침에 내게 따지듯 쏘아붙인 말은 바로 그날 일을 두고 한 말이었다. 어린이 예배를 마치고 오는 길에 놀이터 그네에 앉아서 여섯 살 적 여름에 일어난 일을 기억해낸 것이다. 엄마가 자기를 찾아다니며 애태운 것을 알 턱이 없으니, 그저 신나게 미끄럼틀 타는 자신을 엄마가 난데없이 집으로 끌고 가서 죽도록 때린 거라고 억울해했던 것이다.

교회에서 돌아와 호민이를 불러 내 앞에 앉혔다.

"호민아, 엄마 말 잘 들어봐. 너 여섯 살 때 놀이터에서 미끄럼틀 타고 놀다가 엄마랑 집에 들어왔는데, 샤워하다가 엄마한테 엉덩이 많이 맞았던 거 생각나?"

"네."

"응, 그랬구나. 그런데 그날 엄마가 널 찾으려고 동네를 몇 번이나 돌아다녔는지 아니? 두 시간 동안 찾아다녔는데 너는 보이지 않았어. 엄마는 호민이 영영 못 찾으면 어쩌나 걱정 많이 했었는데..."

한참 만에 너를 찾았지만 놀란 엄마와 달리 너무 태연하게 미끄럼틀을 타는 너를 보며 또 한번 가슴이 아팠노라 얘기했다. 그리고 끝까지 참지 못하고 네 엉덩이를 때린 것 때문에 엄마는 지금까지도 너한테 많이 부끄럽고 미안하다고 용서를 빌었다. 그랬더니, 호민이는 눈물이 그렁그렁한 눈으로 나를 쳐다보았다. 나는 아이를 꼬옥 안고 울면서 기도했다. 나를 용서해 달라고, 아이의 마음속 상처를 깨끗이 치유해 달라고.

그 일이 있고 난 후로 호민이는 가끔씩 지난 일들을 얘기하곤 한다. 여러 단어를 뒤죽박죽 섞어서 계속 말하는데, 퍼즐게임 하듯 이리저리 끼워 맞추다 보면 대충 가닥이 잡힌다. 얘기를 들어보면 자기가 많이 속상했거나 억울했다고 느끼는 사건들이 많고, 아주 즐거웠던 기억을 말할 때도 있다. 나는 그때마다 당시 아이의 감정이나 느낌을 짐작해서 조리 있게 한번 더 얘기를 해준다.

"이러저러해서 호민이가 많이 억울했겠구나. 호민이가 속상했다니까 엄마도 마음이 아프다. 그래도 우리 아들 씩씩하게 잘 참고 견뎠네. 역시 멋진 엄마 아들이야.”

그런 다음에는 하이파이브를 하거나 엄지손가락을 치켜 올리며 한껏 용기를 준다. 그러면 호민이는 제 마음을 어찌 그리 잘 아느냐는 표정으로 나를 바라보며 “네!” 짧게 대답하고 오래오래 만족해한다.

밤 11시가 지나도록 잠을 안자고 집안을 돌아다니는 호민이한테 어서 자라고 했더니, 정색을 하고 말한다.

“호민이가 잠을 안 자고... 엄마가 엉덩이를 찰싹찰싹 때렸지?”

여섯 살 전에는 호민이가 한밤중에 자다가 깨어서 두세 시간씩 울어댈 때가 많았다. 달래다 안 되면 엎어 놓고 엉덩이를 세게 때려준 적이 있었는데, 아마도 그때 얘기를 하는 듯하다.

“하여튼 기억력은 좋아 가지고... 야 인마! 그때는 네가 밤중에 깨서 엄마 잠도 못 자게 계속 울어 대니까 그랬지~이!”

아들머리에 가볍게 꿀밤을 한 대 먹이며 대답하자, 호민이가 멋쩍게 웃으며 큰소리로 “네!” 한다. 알아들었다는 뜻이다.

당하고만
있을 수 없다!

옛말에 때린 사람은 웅크리고 자고, 맞은 사람은 다리 뻗고 잔다는 말이 있다. 하지만 늘 맞고 괴롭힘을 당하면서도 속수무책인 아이를 보노라면 치료비를 물어주더라도 괴롭히는 놈들을 흠씬 두들겨 패주길 바라는 마음이 들 때도 있다.

한번은 호민이를 상습적으로 괴롭히는 아이를 불러 세워 놓고, 호민이한테 너도 똑같이 때리라고 부추긴 적이 있었다. 호민이는 "때려! 때려!" 하며 힘없이 몇 번 때리는 흉내만 내다가 말았다. 오히려 때리라고 시킨 엄마를 부끄럽게 만들었다.

늘 당하기만 하던 호민이도 유치원에 다니던 여덟 살부터는 소극적이나마 방어를 하기 시작했는데, 그 방어라는 것이 귀찮은 아이들을 피해 다니는 것이었다. 선생님이 교실에 없을 때 아이들이 괴롭힌다는 걸 알고는 선생님 뒤만 졸졸 따라다니기도 했다.

학교에 입학해서는 좀 더 적극적인 방법으로 귀찮은 친구들을 물리쳤다. 짓궂은 아이들이 다가오면 귀 막고 눈도 꼭 감고 "저리 가~~~~!" 교실이 떠나가라 소리를 지른다는 거였다. 그러다 더 많은 아이들이 호기심에 이끌려 호민이 주위에 몰려드는 역효과를 일으키기도 했지만, 지금까지도 소리 지르는 방법을 고수하고 있는 걸 보면 제 딴에는 꽤 쓸 만한 방법이라 여기나 보다. 호민이가 소리를 지르면 선생님이나 반장이 아이들의 접근을 막아준다고 한다.

"저리 가!" 소리를 지르는 것에서 한 단계 발전한 호민이를 본 것이 2학년 때였다.

그날도 교문 앞에서 호민이를 기다리고 있었다. 운동장을 가로질러 밖으로 나오는 호민이를 어떤 아이가 부르며 뛰어오는 게 보였다. 호민이는 그 아이가 가까이 다가가자 갑자기 소리를 지르며 신발주머니를 빙빙 돌리기 시작했다. 가만히 보니 그 아이는 장난기가 많아서 평소에 호민이를 귀찮게 하던 아이였다. 호민이가 신발주머니를 돌리는 것은 그 아이의 접근을 막으려는 것이었다! 내 아들이 드디어 방어를 하다니... 나는 감격에 겨워 한참 동안 호민이가 신발주머니 돌리는 모습을 지켜보았다.

사실 호민이가 일반학교에서 통합교육을 받으면서도 별탈 없이 지낼 수 있었던 것은 공격성이 없다는 것이 한몫을 했다. 발달장애아 중에는 위험에 처하거나 뭔가 자기 뜻대로 안 될 때, 옆에 있는 사람을 때리고 꼬집고 물어버리는 아이가 더러 있다. 그 아이 나름대로는 최선의 방어이고 부당함을 호소하는 수단이지만, 당하는 사람 입장에선 공격이니 자연히 타인들로부터 경계 대상이 되는 것이다.

1학년 때 호민이 옆 반에도 발달장애아 한 명이 있었다. 호민이에 비해서 얌전하고 말도 제법 할 줄 아는 아이였다. 그런데 화가 나면 아무나 물어버리는 부적응 행동 때문에 선생님이나 친구들로부터 환영받지 못했다. 입학하고 일주일 만에 담임 선생님이 손등을 물리고 반 친구들도 하나둘씩 물리자, 급기야 선생님은 아이를 못 맡겠다고 했다. 그 지경이 되자 아이 엄마가 나서서 통사정을 해야 했다. 그 아이와는 대조적으로 때리면 맞고 괴롭히면 우는 호민이는 선생님들과 친구들로부터 동정표를 많이 얻었다.

그런데 언제부턴가 호민이가 자기보다 작은 아이들을 때린다는 소리가 들렸다.

4학년 때 피아노 학원에서 1, 2학년 여자아이들 머리를 손으로 친다는 얘기를 피아노 선생님한테 들었다. 선생님한테 다섯 살짜리 딸이 있었는데, 그 아이도 호민이한테 맞았다는 소리를 여러 번 했다고 했다. 처음 들었을 때는 솔직히 믿어지지가 않았다.

그런데 내 눈앞에서 다섯 살짜리 여자아이를 밀쳐버리고 그 아이가 울자 머리를 툭 치고는 내 눈치를 살피는 호민이를 보고 믿지 않을 수 없었다. 누구를 해코지할 애라고는 생각조차 못했던 일이라 황당하고 혼란스러웠다.

조기치료실 담당 선생님과 상의한 끝에 문제 행동이 발견되는 즉시 단호하게 잘못을 지적해주기로 했다. 학교에서도 가끔씩 반에서 키가 작은 여자아이의 머리를 지휘봉으로 때린다는 말을 듣고는 담임 선생님한테도 강하게 제지해달라고 부탁했다.

한번 부적응 행동이 나타나면 좀처럼 사라지지 않던 터라 이번 일도 오래가면 어쩌나 몹시 걱정되었다. 조기치료실 선생님은 오히려 호민이의 사회성이 발달한 증거라고 봐야 한다며 자기가 당했던 것을 다른 사람에게 적용해보는 것이라고 했다. 그러나 잘잘못을 확실하게 구분해주는 것은 필요하다고 했다.

자주 있는 일은 아니지만 호민이의 '약한 아이 괴롭히기'는 계속되었다. '열린교실'에서 차 타고 야외로 이동 중일 때면 1학년 남자아이의 등을 툭툭 친다고 했다. 선생님이 왜 동생을 괴롭히냐고 물어보면 "안마해줄게" 하며 능청을 떠다는 것이었다.

혼을 내도 안 되고 타일러도 소용없어 고민하던 중에 뜻하지 않은 일로 나쁜 버릇을 고치게 되었다. 오후에 호민이를 태우고 '열린교실'에 가다가 신호 위반으로 딱지를 떼었다. 수업 시간에 늦어서 황색불에 지나가다가 경찰관에게 딱 걸린 것이다. 경찰아저씨가 다가오자 조수석에 앉은 호민이는 겁먹은 표정으로 꼼짝도 하지 않았다. 과태료 고지서를 받고 차가 출발을 했는데도 호민이는 여전히 얼어붙어 있었다. 나는 무심코 호민이한테 물었다.

"호민아, 경찰아저씨한테 왜 붙잡혔을까?"

"호민이가…"

"응? 호민이가 왜?"

"엄마, ○○이 때리지 마. 꼭꼭 약속해."

새끼손가락을 내 앞으로 내밀며 다짜고짜 약속을 하자고
했다.

"무슨 약속을 해?"

"○○이 안마해주기 하지 마."

아하! 나는 무릎을 탁 치며, '너 잘 걸렸다.' 속으로 쾌재를
불렀다.

"호민이가 ○○이 안마해준다고 자꾸 때리니까, 경찰아저
씨한테 엄마가 혼났지?"

"네~!"

"그런데 너 또 ○○이 괴롭힐 거야? 한번만 더 ○○이 안마
해주면 경찰아저씨가 호민이를 경찰아저씨 차에 태워서 잡
아갈 거야."

"안 해요. 꼭꼭 약속해."

좋지 않은 교육 방법인 줄 알면서도 가끔씩 경찰아저씨를
'팔아먹을' 때가 있었다. 작은 아이들 괴롭힌다는 소리를 들
었을 때도 '친구 괴롭히면 경찰아저씨한테 혼난다.' 했었나
보다.

그 일이 있고 난 후로 이 년 남짓 지속되던 호민이의 '친구
때리기 놀이'는 막을 내렸다. 잘못은 엄마가 하고 아들이 대
신 혼나는 기분 좋은 날이었다!

'아담'
호민이?

오후에 호민이 담임 선생님의 전화를 받았다.

"어머니 죄송해요."

"왜요? 학교에서 무슨 일 있었나요? 호민이는 기분 좋던
데요."

"어머니 죄송해요. 다 제 잘못이에요. 앞으로는 호민이한
테 더 관심 가지겠습니다."

"선생님 무슨 그런 말씀을 하세요. 지금도 너무 잘해주시
는 걸요."

담임 선생님은 한참 동안 뜸을 들이더니 내가 자꾸 묻자

입을 열었다. 학교에서 호민이가 화장실에 갔다가 옷을 내린 채로 복도로 걸어 나왔다는 것이다.

"대변보고 휴지가 없었나 보네요."

"네! 제 생각에도 그런 것 같았어요."

"학교가 발칵 뒤집혔겠네요?"

"아니, 뭐 그 정도는 아닌데요. 미혼인 여직원이 보고 많이 놀랐대요."

"아직 고추도 쪼그만데 놀랠 것까지야 있나요?"

말해 놓고 생각하니 엄마인 나 빼고 누구든 그 상황과 마주치면 놀라겠구나 싶었다.

"그런데요. 그 직원이 너무 놀랐는지 다른 분들께도 얘기를 해서요..." 말끝이 흐려졌다.

"어머! 선생님께서 곤란하셨겠네요?"

"아니에요, 저는 괜찮아요. 제 잘못이지요. 제가 잘못 돌봐서 그랬어요."

"선생님, 죄송합니다. 정말 죄송합니다."

호민이는 발달장애아들의 특성을 거의 완벽하게(?) 갖추고 있는데 결벽증도 그 중 한가지다. 아기 때부터 옷이 조금만 젖어도 당장 갈아입어야 했고, 손에 묻히는 게 싫어서 과자도 제 손으로 안 집어먹을 정도로 깔끔을 떨었다.

청소하지 않은 집에는 아예 들어가려고도 하지 않았고, 들어가더라도 발뒤꿈치를 들고 조심조심 다녔다. 소변보다가 옷에 약간 흘린 후로는 한동안 아랫도리를 홀딱 벗고 화장실에 들어갔다. 대변보고 난 뒤에는 샤워를 하고서야 화장실을 나왔을 정도다.

선교원과 유치원을 거쳐 학교에 입학하기까지 집이 아닌 곳에서 생활하는 시간이 늘어나면서 많이 무뎌지긴 했지만, 여전히 남아있는 결벽증은 때때로 호민이를 괴롭힌다.

그래도 입때껏 학교에서 화장실 가는 일이 문제가 된 적은 없었다. 뒤처리가 어설퍼서 속옷에 뭔가라도 묻는 날이면 집에 오자마자 갈아입기는 했지만.

집에서조차 화장실에 들어가서는 안에서 문을 잠그고 일을 볼 정도로 최소한의 공중도덕은 지킬 줄 아는 아이인데, 화장지 챙기는 것을 깜빡하고 화장실에 갔다가 일 보고 나서야 휴지가 없는 것을 알았을 것이다. 공중도덕이니 체면이니 하는 것들은 잠시 잊어버리고, 오직 뒤처리 못한 찜찜한 마음에 옷을 내린 채 휴지를 찾아 나섰을 아이를 생각하니 엄마는 그저 안타깝기만 했다.

"어머니 오해 말고 들으세요. 혹시 특수학교 프로그램에 대해서 아세요?"

"왜요? 윗분들이 호민이 전학 가래요?"

"아니… 아니에요! 지금껏 잘해왔는데 여기서 졸업해야지요."

"전학 보내라고 하셨군요. 그렇지요?"

"그분들은 단지 호민이한테 맞는 교육을 받는 게 좋지 않을까 하셨어요."

기우겠지만 혹시라도 학교 측에서 호민이에 대해 오해하지 않을까 걱정이 되어서 선생님과 오래 통화를 하면서 호민이의 이런저런 특성들을 한번 더 짚어주었다.

여학교 주위에 비 오거나 흐린 날 나타나는 '아담'이니 '바바리 맨' 같은 부류는 절대로 못되는 아이이니 안심하라고 말할 때는 농담처럼 웃으면서 얘기했다. 대인관계에 문제가 있어서 어른이 되어도 부부관계가 어려울 것이라는 안 해도 될 소리까지 하고 나니 목이 멨다.

학교에서 일어나는 일에 대해서 가감 없이 알려달라고 선생님한테 부탁했다. 그리고 중고등학교까지는 특수반이 있는 일반학교에서 보통 아이들과 생활하게 할 생각이라고 못을 박았다. 마지막 말은 선생님보다는 나 자신한테 하는 말이었다. 흔들리는 마음을 주체할 수 없는 나 자신에게 한 번 더 다짐하는 의미에서.

선생님도 호민이를 지금보다 엄하게 대할 테니 양해해달라고 했다. 지금까지는 호민이를 볼 때마다 마음이 아파서 다독거리고 귀여워만 했더니 수업 시간이 되어도 교실에 안 들어오고 행정실이나 교무실로 돌아다닌 적이 있었다고 솔직히 털어놓았다. 그러시면서 심각한 잘못을 했을 때 손바닥을 때려도 되겠느냐고 물었다. 나는 한술 더 떠서 오늘 같은 날 손바닥에 불이 나도록 때려주지 왜 봐주셨냐고 했다. 선생님은 그제서야 "그러게요. 아유! 억울해라."라며 웃으셨다.

워낙에 조용하고 아이들을 사랑하는 마음이 큰 분이라서 말씀대로 호민이를 엄하게 다루실 수 있을까 호민이보다 선생님이 더 걱정된다며 한바탕 웃고 전화를 끊었다.

저녁에 호민이한테 슬쩍 물어봤다.

"어이, 변호민! 너 오늘 학교에서 화장실 갔다가 고추 다 내놓고 밖으로 나왔어? 창피하게 왜 그랬어?"

"휴지가 없어!"

녀석은 퉁명스레 한마디 툭 내뱉고는 내 눈치를 살핀다.

다음날 아침, 녀석은 책가방 메고 나서다가 다시 들어와서는 화장실로 들어갔다.

"호민아, 뭐 하려고?"

"똥!"

한참 후 화장실에서 나오는 호민이는 희색이 만면하다. 앞으로 학교에서 고추 보여줄 일은 없을 것 같다.

호민이는
사춘기

또 '발병'을 했다. 잠자리에 들기 전에 삼십여 분 동안 잠투정을 한다. 이 방에서 잔다, 저 방에서 잘 거다 하며 잠자리를 정하는 데서 시작해 사사건건 트집을 잡다가 한 번은 꼭 혼이 나고, 혼내면 기다렸다는 듯 징징댄다.

"그래, 너 사춘기다. 잘났어, 인마. 너만 사춘기냐?"

소리를 냅다 질렀다. 제법 순하게 잘 지나갔나 했더니 말하기가 무섭다. 잠잠하다 싶으면 성질부리고, 또 시작인가 싶으면 수그러들기를 2년 넘게 보자니 지겹기도 하다. 저 변덕이 언제까지 되풀이되려는지.

호민이가 사춘기를 처음 맞은 건 열두 살 되던 해 봄이었다.

학년 바뀌자마자 새봄과 함께 시작된 짜증과 고집으로 한 달에 절반을 학교에 보내지 못했다. 학교에서 걸핏하면 울고 떼를 쓰니 담임 선생님도 버거운 눈치였다. 아침마다 이불 속에서 자는 척하며 꼼짝도 않고 누워 있는 걸 겨우 일으켜 앉혀 놓으면 밥 먹을 생각은 않고 내 눈치를 힐끔힐끔 보며 텔레비전 채널만 이리저리 돌리고 앉아 속을 태웠다. 억지로 교문 앞까지 가서도 안 들어가겠다고 뻗대면 속수무책이었다.

처음에는 학년이 바뀌고 선생님과 친구들이 낯설어서 그러려니 했다. 5월이 다 되어가도록 수그러들 기미가 보이지 않는 아이를 보고서야 눈치를 챘다. 사춘기구나...!

부랴부랴 호민이 학교 엄마들을 만나 조언을 구했다. 모두들 예민해진 아이들 시집살이를 톡톡히 치른다고 입을 모았다.

뾰족한 대책이 있는 것도 아니고 그저 잠잠해질 때까지 기다리는 수밖에 없으니, 사춘기를 겪는 아이들이나 지켜보는 부모들이나 가슴앓이는 마찬가지라 여겨졌다. 생리를 시작한 여자아이들은 마음과 몸으로 동시에 찾아온 손님(?)을 맞느라 히스테리가 남자아이들의 두 배는 된다니, 가족이나 주위 사람들의 배려와 사랑이 더 절실할 듯하다.

올봄에도 호민이는 집에만 들어오면 창문을 닫아걸고 커튼을 쳤다. 신경이 예민해지면 주위환경이 조금만 바뀌어도 견디지 못하는 완벽주의 성향이 강해지기 때문이다. 텔레비전 채널은 7번에 고정시켜야 한다. 다른 채널로 바꾸면 방바닥을 쿵쿵 울리며 울었다. 특정 프로그램을 보려는 것이 아니라 그저 7번 채널에 집착하는 것뿐이다. 샤워하는 순서나 옷입는 순서도 자기가 정한 틀에서 하나라도 벗어나면 처음부터 다시 해야 하고, 뭐든지 먹으면 바로 양치를 한다.

물 컵 하나라도 닦을 게 있으면 어느새 주방세제를 듬뿍 풀어 설거지를 하느라 늘 싱크대는 거품으로 그득하다. 그릇이나 컵은 싱크대 선반에 가지런히 놓여 있어야 마음을 놓는다. 책가방도 책과 학용품 넣는 자리를 정해 놓고 조금만 비뚤어져도 단박에 알아차려 다시 정리한다. 방에서 방으로 이동할 때는 벽에 바짝 붙어서 발걸음을 세며 보폭을 조절한다. 제식훈련 받는 군인처럼 '오른발, 왼발' 구령까지 붙여가며 걸어 다니는 모습을 보면 웃음이 난다.

'반항기'답게 겁도 없어졌다. 우유에 커피를 타 먹다가 들켜서 손바닥을 열 대나 맞고도 다음날 또 커피를 우유에 타서 마시다가 걸렸다. 자진해서 손바닥을 맞겠다고 해서 잠시 당황했다. "스스로 잘못을 인정했으니 이번에는 봐준다."며 한 발 물러섰다. 그렇게 한 달 이상을 반항하다가 제자리로 돌아왔다. 짜증이 줄고 정리정돈도 안하고 말도 고분고분 잘 들었다. 부르면 여전히 대답 대신 물끄러미 쳐다보지만 그쯤이야 애교로 봐줄 만하다. 비스듬히 누워서 '나 불렀냐?' 시비 걸듯 바라보는 모양새가 어찌나 건방져 보이는지 돌아서서 후후 웃어버렸다.

　　호민이는 제 요구사항 정도는 그나마 몇 마디 언어로 표현을 하니 덜 답답하고, 기질적으로 겁 많고 순한 아이라 다른 발달장애아들에 비하면 순조롭게 사춘기를 보내는 편이다.

　　비장애 아이도 마찬가지겠지만 발달장애아의 사춘기는 매우 중요한 시기이다. 사춘기를 얼마나 잘 보내느냐에 따라서 정서적인 면이나 언어, 사고, 이해력 등이 눈에 띄게 발달하는 아이가 있는가 하면, 감정 조절에 실패해서 어릴 때보다 과격해지고 심하면 일상생활이 어려울 만큼 퇴보하는 아이도 더러 있다는 얘기를 들었다.

　　여름방학에 호민이와 뒷산에 다닐 때였다. 하루는 가까이 사는 성수(가명)와 함께 갔다. 성수도 발달장애아인데 특수학교를 다니고 있어서 자주 만나지는 못했다. 몇 달 만에 보니 덩치는 엄마보다 더 커졌고, 열세 살 겨울을 지내며 고추에도 솜털이 보송보송 올라오고 변성기가 한창이라 했다.

몸이 성숙하는 만큼 마음과 행동도 함께 성숙하면 오죽 좋을까마는 언어 표현이 거의 되지 않는 아이라 행동은 더 과격해지고 불만은 나날이 늘어만 간다. 산에 오르는 동안 올라가기 싫다고, 모기가 문다고, 엄마의 잔소리가 듣기 싫다고 울고 뛰고 했다. 방학 동안에도 집에만 있겠다고 해서 외출 한 번 하려면 한 시간 이상 실랑이를 벌여야 하고, 겨우 데리고 나가면 저렇게 울고 떼를 쓴다며 성수 엄마는 걱정이 태산이었다. 여름내 집 안에서 먹고 자고 뒹굴어 몸이 불어난 탓에 움직이는 게 귀찮고 힘든지, 산에 안 올라가겠다고 신발을 벗어 언덕 아래로 던지는 아이를 보는 내 마음도 답답했다.

며칠 짜증이 늘고 예민해진 호민이의 학교생활에 대해 선생님한테 여쭤보았더니, 의외의 대답이 나왔다. 가을로 접어들면서부터 호민이가 많이 차분해졌다는 것이다. 담임 선생님뿐만 아니라 6학년 선생님들이 이구동성으로 호민이가 점잖아졌다고 했다. 이제야 학교에서도 최고참다운 면모를 보여주고 있다니 그동안 학교생활이 어땠을까 상상이 된다.

급식소든 운동장이든 장소 불문하고 떼쓰고 고집 부리고, 사람이 많건 적건 안면 몰수하고 울고 싶을 때 원 없이 울던 호민이가 2학기 들어서는 수업 시간에도 차분하게 앉아 있고, 혼잣말도 덜 하고 짜증도 안 낸다고 했다.

정말 철이 든 걸까? 그러고 보니 6학년 여름방학을 기점으로 호민이의 행동이 많이 차분해졌다. 마트에서 쇼핑할 때도 제 맘대로 뛰어다니지 않고 엄마 옆에 조용히 붙어 다닌다. 여전히 장난감 코너에 관심이 많지만, 구경만 할 뿐 사달라고 떼를 쓰지도 않고, 제법 무거운 시장바구니도 군소리 없이 잘 들고 따라온다.

지난 추석에 아랫동서도 담임 선생님과 똑같은 말을 했다.

"사춘기라 그런지 호민이가 많이 달라졌어요. 행동하는 것도 큰애 같아요, 눈치도 늘고. 이제 우리 호민이 다 나았나 봐요."

그나저나 학교에서는 꼬리 착 내리고 점잖은 신사가 됐다는데, 집에서는 여전히 짜증내고 고집도 부리니 이 녀석 눈엔 엄마가 맘 놓고 비빌 언덕쯤으로 보이나 보다. 하긴, 시시콜콜 하고 싶은 얘기는 좀 많겠으며, 사사건건 갖다 붙일 핑계는 오죽 많을까… 말이 안 되고 안 통하니 부모라고 그 답답함을 어찌 다 헤아릴까 싶다. 그저 짜증내면 이유가 뭘까 함께 진지하게 고민해주고, 나는 네 편이다, 너는 내 아들이다, 날마다 편들어주며 혼돈의 시기를 잘 건너도록 격려해줄 밖에. 그리고 이 아이를 만드신 절대자께 순간순간 기도할 밖에. 대신 겪어줄 수 없으니 어쩌겠는가.

호민이의
몽정기

열두세 살이면 사춘기가 찾아와 어른이 되어 가는 징조들이 나타난다. 남자아이들은 다리나 코밑이 거뭇거뭇해지며, 변성기로 목소리도 걸걸해진다. 여자아이들도 3, 4학년이면 가슴이 볼록해져서 캡이 없는 스포츠 브래지어 정도는 입어야 하고, 성장이 빠른 아이들은 5학년이 되면 진짜(?) 브래지어를 입어야 할 만큼 발육이 빨라졌다. 4학년 말에서 5학년 초가 되면 초경을 경험한 아이들이 하나둘 생겨나기 시작한다니 부모들은 일찍부터 딸내미 단속을 해야 한다.

아이들도 우리 때와는 달리 자연스럽게 성에 대한 얘기를 주고받는다. 생리대 하나 사려고 몇 번이나 망설이다가 손님이 뜸할 때 가게에 얼른 들어가, 주인이 검정 비닐봉지나 신문지에 둘둘 말아 건네면 도망치듯 받아 나오던 때를 생각하면 지금도 얼굴이 붉어진다. 그런 기억이 엊그제처럼 생생한데 내 아이가 어느새 사춘기가 됐다. 정말 세월이 빠르다.

호민이는 만 열세 살이 되도록 변성기도 오지 않았고, 고추도 그대로다. 그래서인지 아직은 하는 짓이 아기 같고 귀여워서 봐줄 만하다. 원래 부끄러움을 모르는 아이라 지금도 샤워하려면 욕실 밖에서 옷을 홀딱 벗고 들어가고, 샤워가 끝나도 알몸으로 집 안을 돌아다니며 바디로션을 바른다. 늘 주의를 줘도 왜 그래야 하는지 도통 이해를 못하니, 소 귀에 경 읽기다. 그러다 올여름 교회 수련회에서 된통 창피를 당했다. 남녀 숙소가 따로 정해져 있었지만 잠만 남자아이들과 함께 재우고, 나머지 시간에는 내가 데리고 있었다.

수련회 첫날 저녁, 샤워시켜서 보내려고 "호민아, 샤워하자." 하고는 갈아 입힐 옷을 챙기는데, 여자아이들이 난리가 났다. 돌아보니 호민이가 알몸으로 욕실 앞에 서 있다. 여자아이들은 비명을 지르며 방으로 뛰어 들어가고, 호민이는 이게 무슨 일인가 싶어 눈이 휘둥그레졌다.

나는 화들짝 놀라서 호민이 엉덩이를 찰싹 때리며 욕실에

밀어 넣었다. 여전히 "어머나, 어머나." 호들갑을 떠는 여자아이들을 향해 "야! 니들 고추 첨 봤니? 어렸을 때 아빠 따라 남자목욕탕에도 많이 갔으면서 뭘 그러냐?" 그러고는 유유히 욕실로 들어가버렸다.

밖으로 소리가 덜 새어 나가도록 샤워기를 틀어 놓고 아들을 나무라는데, 알아듣는지 못 알아듣는지 어리벙벙한 표정이다. 아무튼 그 다음날은 욕실에 들어가기 전에 옷을 홀랑 벗지는 않으니 좋은 경험을 한 셈이다.

하나부터 열까지 일일이 가르쳐야 하는 줄 알면서도 사춘기에 경험하는 여러 증상까지 가르칠 생각은 미처 못했다.

구성애 씨가 '아우성'으로 전국을 쩌렁쩌렁 울릴 때도 속 좋게 히히 웃기만 했다. 너무 막연해서 먼 미래의 일이라고 덮어두었던 것 같은데 어느새 코앞에 닥친 현실이 되었다.

장애아 엄마들 몇몇이 모여서 이런저런 얘기를 하던 끝에 우리 아이들의 사춘기 얘기가 나왔고, 남자아이들의 2차 성징이 주제가 되었다. 보통 아이라면 학교 성교육이나 친구들과의 은밀한 대화로 사춘기가 되기도 전에 알아서 대비를 할 테고, 부모는 〈몽정기〉 같은 청소년 영화 한 편 같이 감상하며 은근슬쩍 몇 마디 물어보면 될 일이다.

수염이 나고 고추가 길어지고 목소리가 걸걸해지는 것이야 겉모양이 바뀌는 것이니 키가 자라는 것처럼 자연스럽게 받아들일 수 있겠다. 문제는 어른이 되려는 남자들의 '통과의례'라는 몽정이니 발기니 입에 담기조차 민망한 것들을 말귀 어두운 호민이한테 어떻게 설명할 것이며, 아들은 과연 얼마나 쉽게 그런 변화를 받아들이겠느냐는 것이다.

아이들의 성장이 빨라지고 세상도 덩달아 빨리 돌아가다 보니 초등학생들에게도 성교육이 필수다. 어쩌면 호민이도 여러 경로를 통해 성에 대한 정보를 접했을지 모른다. 전혀 이해할 수 없는 이상한 그림만 잔뜩 나오는 영상물을 무심코 보았을 수도 있다. 하지만 시시덕거리는 친구들을 이해할 수 없었을 테고, 말이 통하지 않으니 친구들도 호민이를 제쳐두 었을 게다. 그렇다고 다른 아이들이 다 겪는 사춘기가 호민이만 피해가지는 않을 것이다.

그렇다면 결론은 하나뿐이다. 우리가 가르치는 수밖에. 죽기 아니면 까무러치기라는 말이 있다. 진퇴양난인 상황에서 무조건 부딪히고 보자는 얘기겠다.

몽정도 소변이나 대변처럼 배설이라고 여기면 못 가르칠 것도 없겠다는 생각에 이르자 마음이 한결 편안해졌다. 대소

변 가릴 때처럼 수많은 실수와 실랑이가 오갈지도 모르겠다. 호민이도 한동안은 제 몸의 변화를 이해할 수 없어서 혼란스러울 것이다. 그때야말로 아빠와의 긴밀한 대화가 필요할 시기이니 남편한테도 각오하고 있으라고 단단히 일러 두었다. 몇 가지 토막생각에 각오가 더해지니 아들의 사춘기를 맞을 준비가 대충 끝났다.

그래도 마음속에는 여전히 버리지 못한 욕심 하나가 숨어 있다. 내 아이도 평범한 아이였으면. 친구들과 밤새워 개똥철학을 논하기도 하고, 몸과 마음의 변화에서 오는 혼란스러움조차도 품위 있고 은밀하게 나눌 수 있다면 얼마나 좋을까.

나도 구성애 씨처럼 질 좋은 화장지 한 통 툭 던져주며 아들의 사춘기를 축하해주고, 쑥스러움에 얼굴이 벌게진 녀석을 놀려대는 평범한 엄마였으면...

이런저런 생각을 하는데, 호민이가 학교에서 돌아왔다. 남편도 나도 2차 성징이 늦었는데, 부모 닮아서 그런지 호민이도 몸의 변화가 늦다. 그런데도 며칠 사이에 키가 또 자랐다. 날마다 키가 자라는 것이 눈에 보이면 곧 몸에도 변화가 온다는데, 참 쉽고도 어려운 숙제를 받아든 나는 생각만 많아졌다.

4부

·

함께 자라나는 아이들

선생님,
감사합니다

입학식에서 박순남 선생님을 담임으로 만났다.

입학 당시 호민이는 자기의 필요를 행동으로밖에 표현할 줄 몰랐다. 아무 때고 어디서고 자기의 필요에 따라 행동했고, 제지를 당하면 그칠 줄 모르고 울어 댔다. 그러니 하루 종일 울음이 그치질 않았다. 그날도 운동장에 서서 입학식이 끝날 때까지 울었다.

왕성한 호기심 때문에 학교 이곳저곳을 쏘다녀야 직성이 풀릴 아이를 줄을 세워서, 그것도 내가 옆에서 손을 꽉 잡고 함께 서 있었으니 답답한 마음을 표현할 길이 없어 우는 것이

당연했고, 나는 나대로 줄이라도 제대로 서 있지 않으면 입학이 취소될까봐 전전긍긍했으니 나와 아이의 신경전은 서로에게 너무도 당연했다. 그런 우리 모자를 못 본 척하는 선생님이 고맙기도 하고 부끄럽기도 해서 나는 속으로 울었다.

입학하고 일주일이 지났을 때 선생님한테 아이의 성장 과정과 어미의 마음을 담은 편지를 드렸다. 솔직히 고백하자면 주된 목적은 편지가 아니라 '촌지'였다. 선생님한테 뭔가 해야 한다는 강박관념과 입학 전에 주위에서 전해들은 교사들에 대한 잘못된 선입관을 얼른 해결하고 싶어서 내 딴에는 꾀를 낸다는 것이 '편지와 함께'였다.

봉투를 받아 든 선생님은 빙그레 웃으시더니 그 자리에서 봉투를 열었다. 다른 엄마들한테 들은 대로 "나중에 보세요!"라고 말하기도 전이어서 나는 안절부절못했다. 봉투 속에 든 내용물을 모두 꺼낸 선생님은 큰 소리로 웃더니, 편지는 나중에 읽어보겠다며 빼놓고 나머지는 돌려주는 것이었다. 나는 너무 당황스러워서 사태 파악이 잘 되지 않았다. '너무 적은가?' 심지어 이런 생각까지 들었던 게 사실이다. 그 사이 선생님은 내 손을 꼭 잡아주었다.

"저는 신문에 날까 봐 봉투는 원래 안 받습니다. 그리고 어느 아이 할 것 없이 다 다르니까 개성이라고 생각하시고 마음

편히 가지세요. 엄마가 강해야 아이가 학교생활에 빨리 적응할 수 있습니다. 우리 일 년 동안 잘 키워봐요."

나는 너무 부끄러워서 호민이처럼 울어버렸다. 울음으로 내 부끄러움을 감출 수 없음을 알면서도 선생님의 완강한 말투와 태도 앞에 그냥 울기만 했다.

일 년 동안 선생님이 보여준 모습은 한결같았다.

아이 하나하나 소홀히 대하는 적이 없고, 교실의 집기들은 거의가 다른 교실에서 버린 것들을 손수 주워 와서 쓰고, 1학년 담임을 맡았지만 엄마들 손 빌리지 않고 교실 청소도 6학년 도우미들과 해결했다. 일 년에 딱 두 번 대청소 날에만 엄마들이 교실 청소를 도왔는데, 그것도 아이들의 손이 닿지 않는 높은 유리창 닦기 정도였다.

한번은 아이들 소풍에 도우미로 엄마들 서넛이 함께 갔는데, 소풍이 끝나고 헤어질 때쯤 언제 준비했는지 선물 하나씩을 동행한 엄마들한테 나눠주어 우리를 감동시켰다. 그날, 아파서 함께 소풍 오지 못한 반 아이를 위해 작은 인형 하나를 사는 선생님을 보았다.

그 해 여름방학 마지막 날 저녁에 박 선생님의 전화를 받았다. 여느 때와 달리 선생님의 목소리는 가라앉아 있었다.

"호민이 어머니! 이 일을 어떡하죠? 저는 그러고 싶지 않았는데..." 그러고는 아예 울먹울먹 하는 거였다.

얘기인즉, 입학 당시 열한 반이던 1학년이 1학기 동안 반마다 전학 온 아이들이 많아서 2학기인 내일부터 한 반을 늘리기로 학교에서 결정이 났다는 것이다.

1반부터 11반까지 반마다 네 명씩 새로 생긴 반에 보내야 하는데, 전날 선생님들이 학교에 모여서 12반으로 보낼 아이들을 제비뽑기로 정했다고 했다. 박 선생님은 1을 뽑았으니, 호민이 반에서는 1번, 11번, 21번, 31번인 아이들이 12반에 가야 하는데, 호민이가 바로 1번이었다.

선생님은 번호를 뽑기 전에 호민이는 절대로 안 된다고 가슴 졸였는데 결과가 그렇게 나와서 그 자리에서 벌써 한바탕 눈물바람을 했다며 "어떡하죠? 어떡하죠?"라는 말만 되뇌었다.

이미 결정 난 일이고, 조심스러운 사안이라 어찌해야 할지 나도 막막했다. 새로운 환경에 적응하는 데 오랜 시간이 필요한 아이였다. 1학기 동안 선생님과 친구들로부터 어렵게 쌓아온 관계를 다 접어두고 새로 시작해야 한다니 잠이 오질 않았다.

밤늦게 선생님의 전화를 다시 받았다. 직접 교장 선생님을 만나서 자초지종을 말씀드려보면 어떻겠느냐고 했다. 나는 호민이가 반을 옮겨 가서 부딪치게 될 많은 어려움에 대해서 밤새 조목조목 적었다.

개학 날 학교에 가서 선생님과 함께 교장 선생님을 찾아가 아침부터 눈물을 보이며 선처를 호소했다. 결국 호민이는 원래 반에 그대로 남는 것으로 결정이 났다. 교장실을 나오며 나보다 박선생님이 더 좋아하던 모습이 어제 일같이 생생하다.

호민이가 2학년 되는 해에 박순남 선생님은 다른 학교로 전근을 가셨지만, 일 년에 한두 번 찾아 뵙고 가끔씩 메일도 주고받는다. 스승이라기보다는 친구 같은 선생님을 부족한 내 아이 덕분에 얻게 되었다.

올해 스승의 날에도 시간을 내서 아이와 함께 선생님을 뵈러 가기로 했다. 지난주에 선생님한테 메일을 보냈는데, 선생님은 변성기로 목소리가 걸걸해지고 수염이 거뭇거뭇 돋아나기 시작한 호민이 모습을 상상하고 있었다. 아직 호민이는 어떤 변화도 일어나지 않은 어린애 몸 그대로지만, 나는 선생님 상상에 맡긴다고 대답했다.

호민이를 직접 보고 싶어하는 선생님의 마음을 읽었기 때문이다.

 **호민이 어머니께... 선생님의 편지**
2003년 8월 24일

호민이 어머니께!

방학 한 지가 엊그제 같은데 개학할 날이 며칠 남지 않았군요.

○○초등학교는 월요일부터 개학이더군요.

저희 학교는 28일(목)에 개학이라 남은 며칠을 어떻게 보낼까 고민하고 있습니다.

작년 여름방학에 안산 국립특수교육원에서 연수 받은 일들이 생각납니다.

그때 연수 받으면서 호민이 생각을 많이 했었지요.

여러 강사들의 강의를 들으면서 우리 호민이는 그래도 다른 장애아들에 비해 잘 자라고 있구나 하는 생각이 들어서 저는 마음을 놓았습니다.

있는 모습 그대로 바라보고 진심으로 사랑해주는 부모님과 좋은 선생님과 친구들이 있으니 호민이는 참 행복한 아이인 것 같습니다.

그리고 제가 이런 교육을 미리 좀 받았더라면 호민이한테 더 많은 도움을 주지 않았을까 하는 아쉬운 생각도 해 보았답니다.

며칠 전 ○○초등학교에 근무하시는 제 후배 곽 선생을 만났는데, 저를 보면 호민이 생각이 난다나요...

그래서 호민이 학교생활이 어떤지 물었더니, 덩치는 커다란 녀석이 1학기 때 고집을 엄청 부려서 담임 선생님 속을 많이 태웠다고 하던데요. 그러면서 하는 말이 "그 녀석 담임 복은 있는 것 같아요. 호민이가 그렇게 속을 썩여도 선생님이 싫은 내색 한번 안 하시더군요." 하면서 웃더라구요.

저 또한 호민이를 맡았던 한 사람으로 흐뭇하기도 하고, 이렇게 지금까지 소식을 주고받는 걸 보면 호민이와 저의 인연은 정말 영원히 계속되리란 생각이 드네요.

장가가서 아이 낳으면 돌잔치도 보고 그래야겠지요? 꼭 그렇게 될 거예요.

9월 1일부터 야영을 간다는 얘기도 곽 선생님한테 들었답니다.

잘 하겠죠. 제 맘대로 행동하는 것 같아도 눈치는 있어서 낯선 곳에 가면 개인행동은 하지 않잖아요.

호민이에게 전해주세요. 박순남 선생님이 야영 잘 다녀오라고 전하더라고.

개학하려니 늦더위가 기승을 부리네요.

내일은 비가 많이 온다니 개학하는 학교는 좀 골치가 아프겠지만, 저는 빗소리를 들으며 아직 며칠 남은 여름 방학의 여유를 누려 보렵니다.

항상 긍정적인 사고와 웃음으로 생활하는 호민이 어머니의 모습이 아름답습니다. 그래서 저는 호민이 어머니가 좋아요.

다음에 만나서 더 많은 얘기 나누도록 해요.

남은 여름 건강하고 즐겁게 보내시고 파란 가을하늘처럼 기분 좋은 일만 호민이 가정에 가득하길 빌며…

호민엄마가 선생님께
2003년 8월 24일

선생님께

방학 잘 보내셨나요?

여전히 아이들 생각하시며, 연수 열심히 찾아서 받으시며 알찬 방학을 보내셨겠지요.^^

저도 3년 전에 인터넷에서 만난 쌍둥이 자매를 만나러 안산에 다녀온 적이 있지요. 일란성인데 둘 다 발달장애아였답니다. 특수반이 있는 일반초등학교에서 통합교육을 받고 있었는데, 참 예쁘게 잘 자라고 있더군요.

서울 경기 지역에선 장애아 지원 프로그램이 다양하게 진행되고 있다는 얘길 듣고 어찌나 시샘이 나던지요...

지방에 사는 우리는 꿈이나 꾸고 있는 일들이 그쪽에선 오래 전부터 자연스럽게 일어나고 있는 것을 보고 들었답니다.

지금은 구미의 여러 단체에서 장애아에게 관심을 보

이고 있긴 하지만 아직은 초기 단계인 데다 전문가도 부족한 상황이지요. 부모들과 지방자치단체에서 함께 고민하며 풀어나가야 할 일들이라고 여겨집니다.

선생님, 장애아들에 대해서 잘 몰라서 호민이한테 더 잘해주지 못했다 하시지만, 선생님은 어떤 특수교사보다도 우리 호민이한테 잘 해주셨는걸요. 지식을 가르치려면 먼저 아이의 마음이 열려야 하잖아요. 선생님께서 1학년 담임으로 호민이의 첫 초등학교생활을 잘 보살펴주셨고, 또 제게도 무언의 용기를 주셨기에 호민이가 6학년까지 잘 견뎌올 수 있었답니다. 그 은혜를 어찌 다 갚아드려야 할는지요.

선생님은 호민이뿐만 아니라, 일반 아이들이나 학부모들한테도 참 편안한 분이라는 것 아시지요? 저는 교육에 대해서는 문외한이지만, 적어도 내 아이가 교사와 어느 정도의 교감을 나누고 있는지에 대한 눈치는 빠르답니다. 저도 알고 보면 예민한 아줌마거든요*^^*

호민이도 선생님 얼마나 좋아하는지 잘 아시지요?

저도 한가한 주말 오후를 보내며 선생님 생각을 했습니다. 이제 한 학기만 마치면 호민이가 중학생이 된다는 생각을 하고 있는데, 문득 선생님 생각이 났답니다. 초등학교 1학년 입학 때와 같은 그런 긴장감은 이제 다시는 없을 줄 알았는데, 중학교에 보낼 생각을 하니 그때 생각이 밀려왔습니다.

선생님 첫인상이 다소 무뚝뚝했다는 것, 그 때문에 제가 많이 긴장했던 게 기억나는군요. 아이들을 별로 사랑할 것 같지 않던 선생님의 차가운 모습. 아, 이제 우리 호민이는 죽었구나 했었답니다. 사람을 첫인상으로 대충 평가하던 제 선입관을 여지없이 무너뜨려주신 선생님께 감사드립니다. 하하하.

선생님!

호민이가 초등학교의 마지막 학기를 잘 마무리할 수 있도록 응원해주세요.

야영은 일단 참가한다고는 했지만, 선생님과 친구들을 얼마나 힘들게 할까 걱정입니다. 엄마와 주위 사람들의 걱정은 아랑곳없이 호민이는 벌써부터 야영 갈 생각에 기분이 좋습니다.

야영 기간 동안 호민이 잘 하겠지요, 선생님?

호민이는 내일이 개학인데 천하태평입니다.

방학 전에 비해서 몸무게는 그대로인데, 키가 2센티미터나 더 자랐답니다. 그래서 지금은 160센티미터예요.

키 큰 것밖에 담임 선생님께 보여드릴 게 없답니다. 숙제가 뭔지...

선생님!

메일 주셔서 감사드려요. 그리고 존경하고 사랑합니다.

언제나 건강하시길 기도합니다.

때로는
아이들이 더 무섭다

이 편지를 쓰던 날은 내 마음만큼이나 높고 푸른 가을 하늘과 선선한 바람이 상쾌한 날이었다. 그러나 맑고 푸르던 내 마음에는 이내 먹장구름이 드리워졌다. 호민이를 도와주겠다던 아이들, 그 착한 아이들이 왜 그랬을까? 내겐 여전히 수수께끼다.

 호민아!

하늘이 참 높고 파랗다.

오늘 아침에도 친구들이 와서 초인종을 누를 때까지 엄마는 널 현관 밖으로 내보내지 않았었지. 그래야 아침마다 널 데리러 7층까지 올라오는 수고를 즐거워하는 친구들의 의기양양한 마음에 덜 미안할 테니까.

새 학교로 옮기고 아침마다 들려오는 친구들의 떠들썩한 발소리를 너만큼이나 엄마도 기다리고 있단다.

친구들이 큰소리로 네 이름을 부르며 현관문을 열고 들어서면 너는 대답대신 가방에 도시락이 잘 들어있나 다시 열어 확인하더구나. 특별히 맛있는 반찬이 아니더라도, 점심시간까지 따뜻한 보온도시락이 아니더라도, 너는 교실에서 도시락을 먹는 것이 마냥 신기하고 좋기만 하지? 엄마가 학교 다닐 때도 친구들과 옹기종기 모여서 도시락을 먹고, 매일 소풍 가는 기분으로 학교에 갔던 기억이 난단다.

그런데 아침마다 도시락부터 챙기는 네 모습도 오늘이 마지막이네. 다음 주부턴 학교에서 급식을 하니, 학교 가는 너의 재미 한 가지가 줄어드는 셈이구나. 엄마는 네가 따뜻한 급식소 밥을 먹을 수 있어서 좋지만 너는 좀 아쉽지?

친구들에게 둘러싸여 엘리베이터를 타는 널 뒤로하

고 엄마는 잽싸게 집에 들어와 뒤 베란다로 간단다. 널 내려다보기 위해서.

그리고는 조금 있다가 앞 베란다로 가서 네가 보이지 않을 때까지 그대로 서 있단다.

너는 늘 친구들보다 앞장서서 가더구나. 아니 친구들이 널 배려해서 앞장세웠을지도 모를 일이지. 좋은 친구들이 네 주위에 많아서 엄마는 참 든든하단다.

매일 아침 학교까지 널 따라다니려던 엄마의 계획은 이틀 만에 바뀌었지만 친구들과 어울려 등교하는 널 앞뒤 베란다에 서서 바라보는 엄마도 아침마다 너와 함께 학교에 간단다.

마음으로...

엄마 아들~! 오늘은 체육시간에 스탠드에 앉아 있지만 말고, 달리기 연습도 하렴. 운동회 날 엄마가 볼 거야. 우리 아들 얼마나 잘 달리는지.

2000년 9월 29일 호민이를 사랑하는 엄마가

3학년 2학기 때, 호민이는 개교한 새 학교로 전학을 왔고,

매일 아침 반 친구들이 호민이를 데리러 왔다. 담임 선생님의 배려였다. 급식소가 완공되지 않아 한 달 동안 아이들은 도시락을 싸가지고 다녔다.

새 학교에 가는 것도 즐겁고, 새 친구들과의 등굣길도 재미있는데 도시락까지 있으니 호민이는 마냥 신나는 모양이었다. 호민이는 아침마다 도시락 가방을 들고, 현관에 서서 친구들을 기다렸다.

아침이면 호민이를 데리러오는 아이들의 소리로 엘리베이터가 시끌시끌했다. 친구들이 도착하기 전에 호민이를 아파트 아래로 내려보낼 수도 있었지만 나는 일부러 호민이를 집에서 기다리게 했다. 아침마다 집에 오는 아이들 이름을 일일이 불러주며 내 고마운 마음을 직접 전하고 싶었고, 더불어 칭찬 한마디씩 해주며 아이들과 친해지기 위해서였다.

"너는 눈이 참 크고 선하게 생겼구나."

"너는 공부를 엄청 잘 한다지?"

"와~~헤어스타일 바꾸니까 더 멋있는걸…"

아이들을 바라보고 있으면 그들의 순수하고 예쁜 마음이 내게도 전해져 잠시나마 내가 어린아이로 돌아간 듯 착각을 할 지경이었다. 그 즈음 나는 날마다 행복한 아침을 맞고 있었다.

그러던 어느 날 빠뜨린 준비물을 전해주려고 호민이를 뒤따라갔다가 가슴 아픈 장면을 목격하게 되었다. 아파트 모퉁이를 돌아선 아이들이 내 시야에서 벗어나자마자 호민이를 발로 차며 빨리 걸으라며 윽박지르고, 등에 멘 책가방을 주먹으로 힘껏 쳐댔다. 호민이는 겁에 질려서 소리를 질러대고, 아이들은 그게 또 재미있다고 빙 둘러서서 구경하고 있었다. 고학년 아이들조차 말리는 아이 하나 없고 모두가 구경꾼처럼 지나쳤다.

그 중에 주동자격인 아이를 보며 난생 처음으로 아이들한 테도 배신감이란 걸 느낄 수 있다는 걸 깨달았다. 아침마다 우리 집에 들러서 호민이가 신발 신는 것까지 도와주던 아이였다. 다른 아이들과 달리 늘 밝고 씩씩하고 목소리도 우렁차서 나도 내심 든든하게 여기던 참이었다. 어린아이가 참 착하고 기특하다 싶어 대견해하던 터라 배신감에 어찌할 바를 몰라서 나는 석고상처럼 그 자리에 굳어버렸다. 내 앞에서는 그토록 선한 얼굴로 호민이를 도와주던 아이가 어쩌면 저렇게 변할 수 있을까?

그동안 호민이가 느꼈을 공포와 두려움이 고스란히 전해져서 온몸이 부들부들 떨렸다. 나도 모르게 눈물이 주르륵 흘렀다. 아무리 무서운 세상이라지만 아이들조차 믿을 수 없게 되었다니...이 혼란스럽고 험난한 환경에서 과연 호민이가 끝까지 살아남을 수 있을까? 생각할수록 마음이 무거웠다.

겁에 질려 있는 호민이를 데리고 학교에 갔다.

"선생님, 내일부터는 제가 직접 호민이를 학교에 데려오겠습니다. 그러니 이제 아침마다 반 아이들 보내지 마세요."

"아니 왜요? 아이들이 호민이 데려오는 걸 서로 하려고 해서 당번까지 정해놨는데요."

"네, 그동안 선생님과 친구들이 신경 많이 써준 것 고맙게 생각하고 있습니다. 고맙습니다."

"호민이도 친구들과 등교하는 걸 좋아하는 걸로 알고 있는데요. 엄마께서 호민이를 너무 과잉보호하시는 것 아닐까요?"

"아침마다 자습도 안 하는 아이가 학교에 일찍 와서 다른 친구들 공부 방해할까 봐서요. 선생님, 제가 수업시작 할 즈음에 데려고 오겠습니다."

재차 이유를 묻는 선생님한테 차마 길에서 있었던 일을 말할 수는 없었다. 선생님이 그토록 믿는 아이들을 배신자로 만들 수는 없었다.

호민이가
부러워요

장마철이다. 비가 많이도 내린다. 아침에는 오지 않던 비가 오후가 되면서 폭우로 쏟아지는 날도 많아졌다. 지난 토요일에도 아이들이 등교하고 난 뒤에 갑자기 비가 쏟아지더니 그칠 기미가 보이지 않아서 학교로 갔다. 교문에서 현관 앞까지 아이를 마중 나온 학부모들로 북적거렸다. 부모들은 아이들을 만나 하나둘 집으로 돌아갔다.

초등학생답지 않게 작고 여린 여자아이 하나가 비를 맞으며 교문 앞에서 두리번거리다가 끝내 울먹거리는 얼굴로 빗속을 뛰어갔다. 문득 호민이가 2학년 때 같은 반이었던 남자

아이 하나가 생각났다.

　한 달에 한 번꼴로 엄마들이 교실 대청소를 해주었는데, 나는 거의 매달 청소에 동참했다. 선생님을 공식적으로 만날 수 있는 자리이기도 하거니와 같은 반 아이들의 엄마와 자연스럽게 친해질 수 있는 기회이기도 해서, 오후 조기교육실 수업에 늦더라도 청소 시간만은 놓치지 않았다.

　아이들이 모두 집으로 돌아간 후에 청소를 하는데, 남자아이 하나가 교실에 남아 있었다. 청소하는 엄마들 사이를 돌아다니며 책상을 옮겨주기도 하고, 누구네 엄마냐고 말을 붙이기도 했다. 2학년답지 않게 덩치도 크고, 말투도 어린아이치고는 좀 거칠다 싶은 아이한테 왜 집에 안 가냐고 물었더니, 집에 가도 아무도 없어서 학교에 있는 게 더 재미있다고 했다. 동네에 친구도 없고 애들이 자기하고는 안 놀아준다고 했다.

　그 아이 이름은 김수영(가명)이었다. 그보다 몇 주 전에 교문 앞에서 수업 마치고 나오는 수영이를 처음 만났다. 같은 반 친구들이 어떤 애가 호민이를 매일 괴롭힌다고 했는데, 알고 보니 수영이였다. 쉬는 시간이나 선생님이 없을 때 호민이

머리를 쥐어박기도 하고, 주먹으로 배를 툭툭 치기도 한다는 것이었다. 심지어 교실에서 친구들이 다 보는 가운데 호민이한테 바지를 내리라고 하고선 "고추 봤다!" 하면서 놀렸다는 말을 듣고 그냥 있을 수가 없었다. 교문 앞에서 여러 날 기다린 끝에 수영이를 만날 수 있었다. 얼굴에 흉터가 여러 군데 있는 것으로 봐서 한눈에도 사연이 있는 애란 생각이 들었다.

"너 왜 매일 호민이 괴롭히는 거니? 호민이가 너한테 뭐 잘못한 거라도 있니?"

"아뇨."

"그런데 왜 호민이 때리고, 고추 보여 달라고 했니? 너도 여기서 아줌마한테 고추 보여줄 수 있어? 네가 창피한 일이면 호민이도 창피할 거라는 것 너 모르니?"

"잘못했어요."

별로 반성하는 기미도 없이 내가 다그치니까 마지못해 잘못했다고 했다.

"도대체 왜 호민이를 괴롭히는지 얘기나 들어보자."

"아줌마가 맨날 학교 앞에서 호민이 기다려주는 게 부러웠어요. 친구들도 나는 안 좋아하고 호민이만 좋아해서… 그래서 때렸어요."

청소가 끝나고 선생님과 차를 마시며 수영이에 대해 물어보았다. 엄마는 오래 전에 가출했고 아빠와 할머니가 함께 사는데, 아직 한글도 못 떼고 공부에는 영 재미를 못 붙인다고 했다. 학원에도 안 다닌다고 해서 선생님이 수업 마치고 따로 공부를 봐주고 있지만 공부하려는 마음이 애초에 없는 아이라 이런저런 얘기만 하다가 집으로 돌아가는 날도 많다며 안타까워했다.

충격적인 것은 2학년인데 벌써 남의 물건에 손을 대고, 심지어 다른 반 선생님의 가방을 뒤지다가 혼이 난 적도 있다는 것이었다. 1학년 때 수영이가 반 아이들과 매일 싸우고 말썽을 피워서 담임 선생님이 손바닥을 몇 대 때려주었다가 다음 날 수영이 아빠가 학교로 찾아와서 난리를 친 뒤로 아무도 그 아이를 건드리지 않는다며 선생님은 씁쓸한 미소를 지었다.

수영이 아빠는 만취해 인사불성인 채로 학교로 찾아와, 교장실로 교무실로 돌아다니며 고래고래 소리를 지르다가 돌아갔다고 했다. 남의 귀한 아들을 왜 때리느냐며…

그런데 정작 아빠라는 사람은 집에서 아이를 어찌나 패는지 수영이 몸에는 온통 멍과 흉터투성이고, 어떤 날은 학교 오기 직전에 아빠한테 맞아 얼굴에 손바닥 모양이 빨갛게 찍혀서 왔더라는 선생님 말씀에, 그 자리에 있던 엄마들은 모두

소리 없이 울었다.

선생님한테 수영이가 호민이를 자주 괴롭히는 것 같다고 말했더니 그러잖아도 애들한테 얘기를 들어서 알고 있다고 했다. 호민이뿐만 아니라 반 아이들 모두가 수영이의 공격 대상이라 하루에도 몇 차례씩 교실에서 싸움판이 벌어진다고 했다. 야단을 쳐도 그때뿐이라, 달래고 있는 중이니 좀 기다려보자고 했다.

어려서부터 부모의 사랑을 받지 못한 아이라 남을 사랑할 줄도 모르고 친구들과 친하게 지내는 법도 배우지 못한 것 같아, 그 애 생각만 하면 두고두고 마음이 아팠다. 엄마의 보살핌이 얼마나 그리웠으면 말 못하고 부족한 호민이를 엄마가 매일 학교에 따라온다는 이유만으로 부럽다고 했을까...

수영이는 2학년 내내 호민이를 수시로 괴롭히고 반 친구들에게 시비를 걸었다. 선생님의 따뜻한 보살핌도 그 애의 마음속에 오랫동안 자리한 분노를 잠재우지는 못한 듯했다. 그 후로도 호민이가 수영이한테 맞았다는 소리를 반 친구들을 통해서 여러 번 들었지만, 그 애를 미워할 수가 없었다. 그 아이가 끊임없이 친구들을 괴롭히고 선생님 말씀을 안 듣는 것은 어쩌면 그렇게라도 해서 주위의 관심을 끌어 소외된 자신을 드러내고 싶은 마음이 숨어 있는 것인지도 모른다.

비 오는 날 교문 앞에서 우산이 없어 울면서 뛰어가던 작은 여자아이가 집에 도착했을 때 따뜻하게 맞아줄 엄마가 있었으면 좋겠다. 미처 마중을 나오지는 못했지만 마른 수건으로 비에 젖은 아이를 닦아주고 마음을 다독여 줄 어른이 기다리고 있기를...

울먹거리며 빗속을 뛰어가던 아이의 얼굴에서 몇 년 전 말 못하는 호민이가 부럽다던, 욕 잘하고 싸움 잘하던 그 남자아이의 얼굴을 보았다. 일주일 내내 그칠 줄 모르고 쏟아지는 장맛비에 내 마음까지 눅눅해진 까닭일까?

그냥 편견 없이
대해주기만 해도...

호민이는 육 년 동안 일반학교에서 통합교육을 받으며 일곱 명의 담임 선생님을 만났다.

대부분의 선생님들이 호민이에게 관대해서 아이의 행동을 이해하려 했고, 사람들의 편견 어린 시선에 맞서 아이 편이 되어주었다. 대부분의 선생님들이 통합교육의 중요성에 대한 내 의견에 귀 기울여 아이를 적극적으로 도우려 애써주었다. 잔심부름이나 동요 부르기, 영어단어 외우기, 간단한 수학 연산 문제 풀기 등 호민이도 다른 아이들처럼 잘하는 게 있다는 것을 표현할 수 있도록 배려해주셨다. 내가 '대부분의 선생님들'이라고 여러 번 강조하는 건 아이를 무조건 배척하고 거부한 선생님도 있었다는 뜻이다.

그 선생님을 생각하면 지금도 섭섭하고 안타까워 마음이 쓰려온다. 새 학년이 시작되는 3월 2일 첫날부터 그 선생님은 노골적으로 호민이를 못마땅해했다.

"아이들 명단을 받아보니 호민이 이름 옆에 '자폐아'라고 씌어 있던데, 저는 자폐아를 한 번도 가르쳐보지 않아 겁이 나네요."

"네, 저도 선생님 기분 충분히 이해합니다. 하지만 호민이가 이제까지 학교생활을 잘 해왔듯이, 앞으로도 잘 해내리라 믿습니다."

선생님은 내 말은 들으려고도 않고, 마치 호민이가 외계인이나 되는 양 위아래로 훑어보며 "아이고, 어떡하면 좋아?"를 연발했다. 그때까지도 나는 설마 경험 많은 선생님이 그냥 한 번 해보는 소리일 거라고 가볍게 생각했다.

딱 일주일 만에 호민이 왼팔에 매 맞은 자국이 생겼다. 두 줄로 시퍼렇게 멍이 들었는데 누가 때렸는지 물었더니 선생님 이름을 말했다. 자국이 선명하고 부풀어 오르기까지 해서 한눈에 봐도 있는 힘껏 때렸다는 걸 알 수 있었다. 호민이가 어떤 실수를 했는지 알아보려고 다음날 학교에 갔다. 결단코 따지러 간 게 아닌데, 선생님은 나를 보자마자 횡설수설했다. 전날 호민이가 많이 울었는데 살살 달랬더니 그치더라 했다. 끝내 체벌을 가했다는 얘기는 뺐다. 오히려 내가 호민이가 잘못했을 때 잘잘못을 확실하게 알려주기 위해 체벌은 괜찮다고 했더니, "때려서 될 애가 아닌 것 같던데… 겁이 어찌나 많은지 다른 아이들을 혼내는데 호민이가 더 주눅이 들어 있더라고요." 했다.

다음날 같은 반 아이한테서 호민이가 선생님한테 매일 맞고 혼나고 심지어 복도로 쫓겨나기도 한다는 얘길 듣고 하늘이 무너지는 절망감에 휩싸였다.

그날 밤 담임 선생님한테 긴긴 편지를 썼다. 호민이의 성장 과정과 장애 정도, 3월 한 달은 새로운 환경에 적응하느라 부적응 행동이 나오지만 차차 잠잠해질 거라는 얘기와 대처 요령에 대해서 상세히 썼다. 그리고 통합교육만이 호민이의 전반적인 발달에 최선의 선택임을 강조하며 선생님의 이해와 보살핌을 호소했다.

아울러 그동안 현장학습이나 학예회, 운동회 등 공식적인 학교행사에도 잘 참여해왔다는 얘기로 호민이의 숨은 능력을 은근히 나열했다. 그리고 호민이의 통합교육은 사회성 향상이 목적인 만큼 학습에 대해서는 전혀 신경 쓸 필요가 없다고 못을 박았다. 대신 미술이나 음악, 체육 등 예체능 수업에는 꼭 참여할 수 있게 해달라고 부탁했다.

편지 덕분에 선생님은 호민이에 대한 부담감을 다소 덜기는 했지만 아이를 있는 그대로 받아들이지는 못한 것 같았다. 선생님은 4월 현장학습을 앞두고 호민이가 잘 따라다닐 수 있겠느냐며 차라리 엄마하고 집에서 쉬는 게 호민이한테도 좋지 않겠느냐고 했다. 현장학습 가서 호민이를 잃어버릴까 봐 겁이 난다고 했다. 나도 더 이상 양보할 수가 없었다.

"선생님, 호민이 잃어버리고 오셔도 선생님께 절대로 책임을 묻지 않겠습니다. 제가 각서를 한 장 쓰지요."

"말은 쉽지만 막상 아이가 안전사고라도 나면 마음이 달라질걸요. 부모 마음이 어디 그런가요?"

"그러니까 선생님, 제가 각서를 쓰겠다고 하지 않습니까... 죽어도 좋다, 이렇게 쓸게요."

선생님은 마지못해 호민이를 현장학습에 동참하게 해주었고, 다행히 호민이는 친구들의 도움을 받으며 무사히 마치고 돌아왔다.

그러나 늦가을에 있었던 학예회에서는 제외되었다. 호민

이 반은 리코더 합주를 했고, 리코더 연주를 전혀 할 수 없었던 호민이는 빈손으로 무대에 올라가서 친구들이 합주를 할 동안, 대여한 세일러복을 멋지게 차려 입고 가만히 서 있었다.

선생님은 일 년 내내 제대로 수업도 받지 못할 학생이 왜 굳이 일반학교에 다녀야 하느냐고, 하필이면 왜 특수반도 없는 학교에 와서 여러 사람한테 피해를 주느냐고 물었다. 아이가 지금 상태에서 얼마나 더 좋아지겠느냐, 나중에 제대로 사회생활을 할 수는 있겠느냐, 결혼은 할 수 있느냐 노골적으로 묻기도 해서 내 마음을 아프게 했다.

호민이뿐 아니라 통합교육을 받는 장애아동 대부분이 비슷한 경험을 갖고 있을 것이다. 장애아동에 대한 일부 교사의 몰이해와 관심 부족은 통합교육에 큰 기대를 거는 부모들의 열의를 따라가지 못한다. 심지어 장애아동은 특수학교에 가야한다고 아무렇지도 않게 말하는 선생님 앞에서 의무교육이란 단어는 무용지물이 된다.

일반학교 교사들의 열악한 근무 환경은 일선 교사들의 하소연을 굳이 듣지 않더라도 눈에 보이는 부분이다. 교사 1인당 30명에 가까운 아이들을 가르쳐야 하고 또 온갖 잡무가 밀려 있다는 얘기는 학부모들도 다 아는 바다. 근무 환경이 이렇다 보니 장애아동을 맡아야 하는 선생님은 부담을 느낄 터이고, 장애아동을 한 번도 가르쳐보지 않은 선생님이 장애아동을 맡았을 경우 난감할 수밖에 없다는 것도 이해한다. 이전에 장애아동을 맡아본 경험이 있는 선생님이라 하더라도 아이마다 특성이 다르니 긴장하기는 마찬가지일 것이다.

그러나 단 하루도 아이와 함께 생활해보지 않고 무조건 장애아는 맡을 수 없다고 거부하는 선생님들까지 이해할 여력이 장애아 부모들에겐 없다. 장애아도 엄연히 교육받을 권리를 가진 학생이라는 것을 깡그리 무시하는 태도에 기가 막힐 뿐이다.

지금은 일반학교의 특수반 운영이 많이 개선되어서 대부분의 학교에 특수교사가 배치되어 있고, 원반과의 연계도 대체로 잘 이루어진다고 한다. 특수학급마다 특수교육실무사가 배치되어 장애아동이 일반학교에서 통합교육을 받을 수 있는 여건이 만들어지고 있다. 방학 중에 특수교육연수를 찾아서 듣는 일반학교 선생님들이 많고, 비장애학생을 대상으로 장애인식개선 교육을 하는 학교도 많다. 교육현장의 이런 노력들은 장애아동의 통합교육에 바람직한 현상이라 할 수 있겠다.

그러나 몇 년 전만 해도 일반 교사가 일정기간 연수를 받고 특수반을 맡는 경우가 허다했고, 발달장애아들을 대면할 기회가 전혀 없기는 원반교사나 특수반 교사나 마찬가지인 경우가 종종 있었다. 이럴 경우 발달장애아들에겐 특수반 자체가 통합의 걸림돌이 되었다. 원반 선생님은 부적응 행동을 하는 아이를 아예 특수반에만 있어야 한다고 주장하여, 비장애 아이들과의 통합을 꿈꾸던 부모들의 마음엔 커다란 상처만 남는 가슴 아픈 일들이 벌어지기도 했다.

호민이를 특수반이 없는 일반학교에 통합시킨 것은 그나마 특수반이 없는 학교에서는 담임을 맡은 선생님들도 어쩔 수없이(!) 장애아를 받아들일 테고, 비장애학생들 역시 호민이와 한 교실에서 수업 받는 것을 당연히 여기게 될 것이기 때문이었다. 당시로서는 최선의 선택이었다. 아쉬운 점은 많지만 후회는 없다. 다만 그동안 호민이의 담임을 맡았던 선생님들이 호민이와 보낸 일 년의 경험을 토대로, 또 다른 장애아동과의 만남에서도 긍정적인 결실을 얻게 되기만을 바랄 뿐이다.

학부모 총회에 가는
호민이

초등학교에서 마지막 야영을 떠나는 날 아침, 학교에 갔더니
몇몇 엄마들이 교문 앞에 모여 있다가 인사를 건넨다.

"호민이 오랜만이네, 많이 컸구나."

"호민엄마 반가워요. 그동안 어떻게 지냈어요?"

"호민엄마 걱정하지 말아요. 호민이 야영 가서도 잘할
거야."

나는 반가움에 일일이 대꾸를 하고, 호민이는 **뻣뻣하게** 서
서 아줌마들의 인사를 받았다.

호민이는 4학년 때까지 학생으로는 유일하게 해마다 학부모 총회에 참석했다. 정확히 얘기하자면 내가 일부러 호민이를 학부모 총회에 데려간 것이다.

매년 3월 중에 열리는 학부모 총회에서는 새 학년이 시작되는 시점에 새 담임과 학부모의 자연스런 상견례를 겸하여 아이들 교육과 학급 운영에 관해 의견을 교환하고, 학교운영위원회나 전교어머니회 같은 보조기구를 조직한다.

별다른 일이 없는 한 대부분의 엄마들이 총회에 참석하는데, 나는 학부모이면서도 총회 참석 여부를 며칠 동안 고민했다. 호민이의 장애를 알고 있는 엄마들의 반응이 은근히 신경쓰이지 않을 수 없었고, 호민이보다 한 해 일찍 초등학교에 입학한 아이가 반 엄마들의 등쌀에 못 이겨 한 학기 만에 특수학교로 전학 간 얘기를 들었던 터였다.

3월 한 달은 어느 아이 할 것 없이 새로운 환경에 적응하느라 긴장하기 마련인데, 또래들과 어울리는 데 자발적이지 못한 호민이도 학년이 바뀔 때마다 엄청난 스트레스를 받는다. 그 때문에 수업 중에 소리를 지르거나 교실을 돌아다니거나 혼잣말을 중얼거리는 부적응 행동이 학년 초면 어김없이 쏟아져 나온다.

자연히 아이들의 시선은 호민이에게 집중되고, 호민이는

하루 만에 친구들의 호기심 대상 1호가 된다. 아이들이 학교에서 호민이를 유심히 관찰했다가 집에 돌아가서 부모들한테 얘기한다는 것을 알았다. 망설임 끝에 호민이를 반 엄마들한테 직접 보여주고 도움을 요청하는 쪽으로 마음을 굳혔다.

1학년 총회 날, 호민이 손을 잡고 학교로 가서 내 소개할 때 호민이도 함께 소개했다.

"만나서 반갑습니다. 저는 호민이 엄마입니다. 얘가 호민이랍니다. 우리 친구들한테 얘기 들으셔서 잘 알고 계시죠? 호민이가 원래 새로운 환경에 적응하는 데 시간이 걸린답니다. 한 달 정도 지나면 반에서도 좀 차분해질 겁니다. 자폐아들은 많은 사람들 속에 섞여 있어야 사회성이 발달한다고 하네요. 그래서 우리는 특수학교 대신 일반학교를 택했습니다. 호민이가 우리 친구들과 더불어 학교생활 잘할 수 있도록 어머니들의 협조를 부탁드립니다."

모두들 이미 호민이에 대해서 알고 있다는 눈치였다. 총회를 마치고 나오는데 한 엄마가 뒤따라와서 내 손을 잡았다.

"호민엄마 힘내세요. 우리 애가 집에 와서 매일 호민이 얘기를 해서 저도 어떤 아이일까 궁금했어요. 오늘 보니까 생각했던 것보다 호민이 상태가 괜찮네요. 저는 엄청 문제가 많은 아이인 줄 알았거든요. 우리 애는 벌써부터 호민이는 자기가 도와줘야 한다고 말하던 걸요."

집에서는 막내라고 어리광만 부리던 아이가 기특하게도 친구를 돌봐줘야겠다고 말하더라고 했다. 자기 아이가 호민이 덕분에 더불어 살아가는 법을 배우고 있다며 용기를 내라고 했다. 그녀의 진심 어린 격려에 나는 그저 고개만 끄덕였다. 고마운 마음에 목이 메어 아무 말도 할 수가 없었던 것이다.

3학년 2학기에 새로 개교한 학교로 전학 가서 열린 학부모 총회에는 우리가 지각하는 바람에 이미 선생님이 학부모들한테 호민이 얘기를 다 하고 난 후였다. 우리가 교실 문을 열고 들어서자 선생님께서 "아까 말씀드렸던 호민이하고 어머님이십니다. 반 아이들이 이전 학교에서 이삼 년 동안 호민이를 봐와서 그런지 호민이를 좋아하고 잘 도와준답니다. 우리 반에서 저만 호민이하고 친해지면 될 것 같던데요. 하하, 녀석들 서로 자기가 호민이에 대해 더 많이 알고 있다며 저를 코치하려 듭니다." 했다. 엄마들도 눈인사를 건넸다.

일반 초등학교에 입학한 남자아이 희원이(가명)는 두 주 만에 학교에서 쫓겨났다.

같은 반 엄마들이 학교로 몰려와서 자폐아를 한 반에 놔둘 수 없으니 반을 바꿔주든지 전학시키라고 소란을 피웠기 때문이다. 희원이는 새 환경에 적응하는 과정에서 부적응 행동을 많이 나타냈는데, 그 행동이 신기했던 반 친구들은 희원이의 면면을 부모들한테 죄다 보고했고, 자폐아를 처음 보는 엄마들은 그러다 자기 아이들까지 망치겠다며 일주일 내내 매일 학교에 찾아와서 담임 선생님을 닦달하고 교장 선생님을 만나는 등 야단법석을 떨었다.

희원이의 문제 행동은 두 손을 털듯이 흔들며 뛰어다니고 여자아이들의 얼굴을 마치 아기 다루듯 쓰다듬는 것이었다. 같은 반 학부모들이 못마땅해한 것은 여자아이들의 얼굴을 만지는 것이었다. 아기같이 보드라운 살결의 촉감을 좋아하는 희원이를 이해하지 못하는 학부모들은 희원이가 여자를 밝히는(?) 게 아니냐고 오해했다.

제자리에 붙어 있지 않는 희원이를 위해서 담임 선생님과의 합의 아래 3월에만 엄마가 수업에 함께 참여하기로 한 것도 비장애학생 엄마들로서는 도저히 이해할 수 없는 것이었다.

희원이 엄마는 반 엄마들한테 한 달만 기다려주면 아이가 학급분위기에 적응할 것이고 문제 행동도 수그러들 거라고 설명했다. 그리고 장애학생(특수교육대상자)의 전반적인 학교 생활을 지원하는 보조교사제가 실시되고 있으며, 그렇지 못한 학교에서는 엄마가 보조교사로 들어가는 예도 있다고 말했다. 하지만 모두들 매정하게 돌아섰다. 심지어 담임 선생님한테 돈을 얼마나 갖다 바쳤기에 희원이만 특별대우를 받느냐고 하는 데는 더 이상 버틸 재간이 없었다.

결국 희원이는 특수반 운영이 원활한 도시의 일반학교로 전학을 갔다. 희원이의 교육을 위해서 살던 집까지 팔고 도시 변두리에 있는 작은 학교 근처로 이사를 갔는데 두 주 만에 물거품이 된 것이었다. 다시 이사를 갈 수도 없는 형편이라 희원이 엄마는 부랴부랴 소형차를 사서 희원이를 손수 등하교시키고 있다.

여러 매체를 통해 장애인들이 소개되고, 많은 사람들의 관심이 장애아들에게 쏠리고 있다. 하지만 장애아들이 마음 놓고 통합교육을 받을 수 있는 길은 여전히 멀게만 느껴진다. 아직도 일부 학부모들은 제 자식이 장애아와 한 반이 되는 것조차 꺼린다는 얘길 심심찮게 듣는다. 장애아 때문에 자기 자식이 공부에 방해를 받는다며 이미 정해진 짝을 바꿔달라고 담임 선생님한테 건의를 해온다는 소릴 들으면 마음이 씁쓸

하다. 장애아에 대한 비장애인들의 오해와 편견이 하루 속히 사라져, 발달장애아들이 일반학교에서 통합교육 받을 기회를 박탈당하는 일이 줄어들기만을 바랄 뿐이다.

"특수학교로
전학 보내세요"

"특수학교로 전학 가는 것에 대해서 고민해보셨나요?"

한 해도 무사히 넘어간 적이 없다. '걱정이 되어서' '가르칠 게 없어서' '어떻게 도와줘야 할지 막막해서…', 이유도 가지가지다. 학교 관계자들이 아이의 장래를 걱정해서 하는 말이란 걸 모르는 바는 아니지만 자주 듣다 보면 섭섭하고 안타깝기는 부모도 마찬가지다.

호민이도 종종 특수학교로 전학 갈 것을 권유받았다. 저학년 때는 읽기나 쓰기, 간단한 연산문제 정도는 풀 수 있어서 그나마 수업이 가능했다. 하지만 학년이 올라가면서 교과 과정 대부분을 포기해야 할 지경에 이르자, 수업 시간에 그림을 그리거나 어려움 없이 해낼 수 있는 수학 학습지를 풀기도 한다. 학생의 본분은 공부이고, 교사의 본분은 학생을 가르치는 것인데, 선생님 입장에선 공부시간에 수업 진행과 상관없이 앉아 있는 아이를 보고 있자니 안타까워서 아이의 능력에 맞는 교육을 받을 수 있는 곳으로 전학 보낼 것을 권유하는 것일 터이다. 그러나 발달장애아의 사회성 발달을 위해서는 또래들과의 통합 외에는 별다른 대안이 없다는 것 또한 현실이다.

정규 교과 과정을 거의 따라가지 못하는 데다 사춘기까지 겹친 호민이가 학교 이곳저곳을 탐문하며 소소하게 말썽을 일으키고 다니는 모양이다. 담임 선생님한테서 별말이 없어 그럭저럭 지내고 있나 보다 안심하고 있으면 여기저기서 호민이의 활약상이 들려온다.

여름방학을 앞둔 마지막 월요일 조회 시간에는 전교생 앞에서 스타가 됐다.

"호민이 오늘 조회시간에 왜 그랬대?"

학교 운동장이 바로 내려다보이는 아파트에 사는 6학년 아이 엄마가 들려준 얘기의 주인공은 호민이가 분명했다. 교

장 선생님의 훈시가 시작되자 시끌시끌하던 운동장이 거우
조용해졌나 싶었는데, 어느 순간 웅성대는 소리가 들려 내려
다보니 한 아이가 조회대 앞으로 뛰어가고 있었단다.

계단을 뛰어오르는 아이의 손에는 종이 한 장이 들려 있었
다. 뒤따라간 선생님한테 붙들려 운동장으로 내려서던 아이
는 울고불고 소리를 지르고, 선생님은 아이를 달래느라 진땀
을 뺐다고 했다. 말하던 엄마는 호민이가 갑자기 왜 조회대로
내달렸을까 나한테 물었다.

"호민이도 연설을 하고 싶었나 보네. 우리 아들 원래 마이
크 체질이잖아. 종이에 연설문 쫙 적어 들고 기다려도 연설
한번 안 시켜주니까 그동안 얼마나 억울했겠어? 안 그래?"

"아니다!… 다시 생각해보니 상 받고 싶어서 그랬을 수도
있겠다. 6학년 될 때까지 조회 시간에 상장 한번 못 받아봤잖
아. 이제나저제나 기다려도 제 이름이 안 불리니까 급한 마음
에 앞으로 달려나간 게 분명해."

여름 방학이 끝나고 일주일 만에 떠난 야영장에서 호민이
는 남학생용 텐트에서 안 자고 선생님들 숙소에서 자는 등 친
구들과 사이가 서먹했다고 들었다. 다행히 프로그램에는 모
두 참여했는데, 담임 선생님 말로는 개학한 지 일주일 만이라

친구들이 낯설고, 깔끔한 성격인 호민이가 비 오는 날 야영활동이 익숙지 않아 그랬을 거라고 했다. 4월 말 수학여행에서는 선생님의 보살핌 없이도 친구들과 잘 어울리고 대열에서 이탈하지 않았던 것을 보면 그리 걱정할 일은 아니라고 대수롭잖게 말하던 담임 선생님과 달리, 야영장에 들렀던 윗분들 눈에는 따로국밥처럼 혼자 노는 호민이가 또 다르게 보였나 보다.

"육 년이나 통합교육을 받은 아이가 친구들과 잘 어울리지 못한다는 것은 더 이상의 사회성 향상은 기대할 수 없다는 단적인 예가 아니겠습니까? 그러니 중학교는 특수학교로 진학시키라고 부모님께 말씀드리세요."

"하지만 호민이 부모님은 일반 아이들과 통합하는 것을 원칙으로 삼고 있다고 들었습니다. 학부모의 결정을 존중해줘야 하지 않겠습니까?"

"부모가 아이 상태를 직시하지 못하고 무조건 통합교육 쪽으로만 밀어붙일 일은 아니지요. 중학교는 초등학교와 달라서 아이가 친구들한테 집단 따돌림을 당할 수 있다는 것도 염두에 둬야 한다는 것을 왜 모르십니까?"

이제는 호민이가 학교에서 일으키는 소소한 소동쯤은 간

과할 수 있을 만큼 내 마음이 무뎌지기는 했지만, 우리도 호민이를 특수학교로 전학시킬 생각을 한 적이 여러 번 있다. 4학년까지는 학기마다 전학을 고려했을 정도로 갈팡질팡했다. 그때마다 일반 교사와 특수교사, 비슷한 처지에서 통합교육을 받고 있는 아이의 부모 등 여러 사람들의 의견을 수렴했고, 결론은 언제나 일반학교에 남는 것이었다. 아이의 사회성 발달에 초점을 맞추었으니 당연히 일반 아이들과 함께 생활해야 한다는 것이 첫 번째 이유였고, 특수학교에서도 아이의 능력에 맞는 맞춤교육을 하기란 현실적으로 어렵다는 게 마음에 걸렸던 것이다.

그렇더라도 호민이의 스트레스가 극에 달하는 학년 초가 되면 매번 내 판단이 과연 옳은가 고민했다. 방학을 마치고 새 학기가 시작될 때도 마찬가지여서 개학 일주일 전부터 학교 갈 날짜를 알려주며 호민이와 함께 개학 준비를 했다.

보통 아이들이라면 방학숙제를 챙기겠지만, 우리는 호민이의 마음을 단속시키는 것으로 개학 준비를 대신했다. 그래도 개학 하루 전날이면 호민이는 신경이 예민해져서 하루 종일 울고 떼를 썼다. 혼자서 세상으로 나가야 하는 것에 대한 두려움 때문이었다. 그때마다 나도 덩달아 두려움에 떨었다. 하지만 막상 개학날 하굣길의 호민이 표정은 밝기만 했다.

호민이와 장애 정도가 비슷한 열세 살 수영이(가명)는 2학년 초에 특수학교로 전학을 갔는데, 부모는 후회하고 있다. 새 학년이 된 수영이는 낯선 환경 때문에 한 달 가까이 울음을 달고 살았고, 자폐아를 한 번도 경험해보지 못한 담임 선생님은 어쩔 줄을 몰랐다. 수영이 엄마는 언젠가는 일반학교에서 다시 통합교육을 시키리라는 마음으로 특수학교로 전학을 시켰지만, 차일피일 미루다가 어느새 5학년이 되었다.

중학교는 특수반이 있는 일반학교로 진학시킬 것을 고려하고 있지만, 일반학교에 비해 적은 인원과 아이의 부적응 행동이 어느 정도 용납되는 특수학교에서 생활하던 수영이가 상대적으로 많은 아이들 속에서 생활해야 하는 일반학교에서 과연 견뎌낼 수 있을까 하는 염려로 망설여진다고 한다.

누군가 내게 부모의 자존심 때문에 장애아를 일반학교에 통합시킨 것은 아니냐고 물어왔다. 여전히 부적응 행동이 많고 학교 수업도 거의 따라가지 못하는 아이를 빗대어 부모의 욕심 운운했을 것이다.

초등학교 졸업을 앞두고 돌아보니, 주위에서 이런저런 염려와 충고를 하지 않더라도 장애아를 키우는 부모는 날마다 수많은 생각을 떠올린다. 과연 호민이가 처음부터 특수학교에 입학해서 장애아들 틈에서만 육 년을 지냈다면 지금쯤 어떤 모습일까? 일반학교에서 보낸 육 년 동안 아이의 사회성은 얼마나 발달했고, 1학년 입학 때 그려본 육 년 뒤 아이의 모습에는 얼마나 근접했는가? 중학교 진학 문제에서 과연 어떤 선택이 아이의 발전에 바람직할까? 생각의 초점은 언제나 아이한테 맞춰져 있지만, 제 스스로 미래를 설계할 수 없는 아이의 진로 결정은 언제나 부모의 몫이다. 그러나 모든 것은 점진적이나마 아이의 긍정적인 성장에 맞춰야 한다는 생각에는 변함이 없다.

그리고 나는 알고 있다. 장애인은 장애인끼리 교육받고 생활해야 한다는 편견의 벽은 반드시 허물어져야 하고, 그 벽을 허무는 작업 또한 부모들의 몫이라는 것을. 세상이 더디 변하는 것만 탓하고 있기에는 내 아이가 너무 빨리 자란다. 조급증이 나서 얌전히 기다릴 수가 없다.

신뢰와 인내로
자라는 아이

초등학교에서의 마지막 야영과 운동회를 '무사히' 마치고 담임 선생님과 호민이의 학교생활과 앞으로의 진로에 대해 얘기를 나누었다.

"어머니는 호민이가 통합교육을 통해 무엇을 얻기를 원하세요? 어머님이 지향하시는 통합교육이란 어떤 것인지 솔직한 의견을 듣고 싶어요."

"그야 물론 사회성이지요. 일반 아이들과 어울림으로써 조금이나마 호민이의 사회성이 발달할 수 있다면 저는 더 이상 아무것도 바라지 않습니다."

지금까지 그랬던 것처럼 6학년 때도 호민이의 학교생활 전부를 선생님한테 일임했다. 그리고 나는 뒤에서 묵묵히 지켜보기만 했다. 어떤 경우에도 내 아이보다 선생님의 입장에서 문제를 바라보는 시각을 가지려고 노력했다. 호민이가 학교에서 자잘한 사고를 쳤을 때도 선생님의 처분을 기다렸다가 진심으로 사과를 하고 대처 요령을 함께 고민하는 것으로 마무리를 지었다.

장애아, 특히 자폐아의 발달은 매우 느리다. 호민이도 천천히 느리게 성장했기 때문에 그대로 정체되어 있는 것처럼 보일 때가 많았고, 어느 때는 퇴보한 것처럼 느껴질 때도 있었다. 그러나 아이는 분명히 성장해왔고 지금도 자라고 있다.

어릴 때는 또래 아이들이 하루가 다르게 언어가 늘고 행동이 바르게 자라는 것을 보며 조바심을 냈다. 그래서 더욱 비장애 아이들과 어울릴 수 있기를 갈망했던 것인지도 모른다.

여섯 살 때 선교원을 시작으로 유치원과 초등학교에 입학하기까지 많은 사람이 호민이의 통합을 염려했다. 그러나 나는 이미 그때부터 호민이를 위하는 길은 통합 외에는 대안이 없다고 생각했고, 우직하게 그대로 밀고 나갔다.

해마다 치르는 운동회를 통해 더디게 자라는 아이, 호민이를 볼 수 있었다.

1학년 운동회 때는 선생님이 호민이를 적극적으로 경기에 참여시켜주었다. 연습 때부터 호민이의 손을 잡고 다니며 하나하나 가르쳐주었다. 달리기 경기에서 몇 미터 달리다가 옆에서 응원하는 엄마를 발견하고 경기선 밖으로 걸어나가는 호민이를 붙들어 함께 완주를 하기도 했다.

2학년 때는 달리다가 말고 멈춰 서서 히죽히죽 웃는 바람에 구경하는 사람들을 즐겁게 해주었지만, 3학년 때는 비로소 자기 라인을 따라 완주를 했다. 꼴찌로 결승선 가까이 들어와서는 그대로 통과하지 않고 멈춰 서서 뭔가를 요구했다. 담임 선생님이 얼른 달려가서 결승선을 대주자 호민이는 배를 앞으로 쑥 내밀며 결승선을 끊었다. 꼴찌가 결승선을 끊는 전무후무한 일이 벌어졌고, 운동장은 웃음바다로 변했다.

6학년 운동회 때는 장애물 경기가 있었다. '산 넘고 물 건너'라는 명칭의 장애물 경기는 허들 뛰어넘기, 평균대 밑으로 통과하기, 그물 통과하기, 매트에서 앞구르기 등 장애물을 통과하는 경기였다. 호민이는 차례를 기다리는 동안 긴장이 되는지 경중경중 제자리 뛰기를 했다.

출발 신호에 맞춰 달려나온 호민이는 천천히 허들을 타넘고 고개를 숙여 평균대 밑을 통과했다. 호민이가 무릎으로 기어서 그물을 통과하기도 전에, 함께 출발한 친구들은 결승선에 다 들어가고 없었다.

운동장에서는 호민이 혼자 달리고 있었고, 앞구르기를 하려고 매트에 도착했을 때는 모든 시선이 호민이한테 쏠렸다. 가뿐히(?) 앞구르기를 해내자 일제히 소리를 지르며 박수를 보냈다. 박수 소리에 의기양양해진 호민이는 결승선까지 힘껏 달렸다. 응원석으로 돌아오는 호민이를 호들갑을 떨며 맞아주었다. 씩 웃으며 팔을 보여주는데 '1위'라는 도장이 찍혀 있었다. 꼴찌로 들어왔지만 끝까지 규칙을 지키며 최선을 다한 호민이한테 선생님이 준 최고의 '상'이었다.

달리기뿐만이 아니라 줄다리기나 바구니 터뜨리기 같은 단체경기를 할 때도 호민이는 늘 시큰둥했다. 경기 규칙도 모르고 승부욕도 없는 호민이는 선생님이 시키니 마지못해 따라했다. 죽을힘을 다해 줄을 당기는 친구들과 달리 호민이는 맨 뒤에서 줄을 잡고 멀뚱멀뚱 서 있었다.

"호민아, 당겨!"

보다 못한 선생님이 호민이 손을 잡고 당기는 시늉을 해도 '이 짓을 왜 하나?' 하는 표정이었다. 그때마다 나는 호민이가 운동회에 참여하고 있다는 것에 만족해야 했다. 한 번 두 번 경험이 쌓이면 언젠가는 친구들과 어울려 신나게 경기를 치르겠지 하는 기대감만은 놓지 않았다.

6학년 운동회 때 드디어 호민이도 줄다리기를 했다. 여전히 있는 힘을 다해 줄을 잡아당기지는 못해도 폼은 그럴싸했다. 맨 앞에 서서 줄을 잡고 몸을 자기 편 쪽으로 비스듬히 누인 것으로 봐서 호민이가 줄다리기 규칙을 알고 있는 게 분명했다. 나도 호민이도 그것으로 대만족이다. 무엇보다 육 년 동안 학교 행사에 모두 참여할 수 있었던 것이 호민이에겐 큰 행운이었다.

4학년 가을에 둘이서 경주 엑스포에 갔다가 작품 감상보다 호민이의 질서의식에 '매료'되었던 기억이 있다. 전시장에 들어서자 호민이는 관람하는 사람들을 따라 줄을 서서 작품들을 감상(?)하기 시작했다. 두 번째, 세 번째 전시관을 거치면서도 엄마가 뒤따라오는지 한 번씩 돌아보며 확인만 할 뿐 관람하는 동안 큰소리를 내거나 경중경중 뛰어다니지 않았다. 그동안 학교에서 해마다 실시하는 체험학습에 빠지지 않고 참여한 결과를 보는 듯해서 두고두고 흐뭇했다. 이제는 알겠다. 호민이가 천천히 눈에 띄지 않게 자라왔고, 지금도 자라고 있다는 믿음이 호민이를 자라게 한다.

"일 년 동안 호민이한테 해준 게 아무것도 없어서 미안해요."

"호민이를 내치지 않고 마음으로 받아주신 것만으로도 저는 선생님께 충분히 감사하고 있습니다. 일 년 동안 수고 많이 하셨습니다. 고맙습니다, 선생님."

해마다 학년을 마무리할 때쯤 선생님과 주고받는 대화는 한결같다.

선생님과 학부모가 원만한 관계 형성에 성공하면 장애아의 일반학교 통합은 절반 이상 성공했다고 볼 수 있다. 선생님을 신뢰하고 학교 안에서 일어나는 어떤 문제도 선생님한테 책임을 묻지 않는 것을 원칙으로 호민이에 대한 부담을 덜어드리려 했다.

앞으로 십 년 후 호민이가 어떤 모습으로 성장해 있건, 지난 육 년간의 경험이 밑거름이 될 것이다. 긍정적이고 아름다웠던 기억이 마음 속에 남기를, 도움의 손길이 끊이지 않기를, 성인이 된 호민이가 사회의 한 구성원으로서 있어야 할 자리에 서 있기를 소망한다.

호민이와
친구들

어렸을 때 놀이터에 아이를 내보내고 돌아서면 이내 자지러
지게 우는 소리가 들렸다. 베란다에서 내려다보았더니 아이
들 서너 명이 호민이 주위를 빙빙 돌며 발길질을 해대고 있었
다. 호민이는 아파서 우는 게 아니라 아이들의 집단 공격이
무서워서 우는 것이었다. 몸에 직접 닿지 않는 헛발질이 더
많은데도 호민이가 겁에 질려 울어 대자, 아이들은 그게 더
재미있어서 깔깔댔다.

"야, 이 녀석들아! 저리가지 못해!"

내 고함 소리에 아이들이 혼비백산해서 흩어졌다.

호민이가 놀이터에서 놀다 들어오면 현관에서 옷을 벗겨야 했다. 머리에 모래를 잔뜩 뒤집어쓴 것도 모자라서 주머니에도 모래가 가득 들어 있었다. 아이들이 말 못하는 호민이한테 모래를 뿌리며 장난을 친 것이다. 친구를 만들어주려고 놀이터에서 호민이와 함께 있던 아이들을 집으로 데리고 들어오면, 차려 놓은 간식만 먹고 모두 달아나곤 했다.

초등학교에 입학한 아홉 살 이선까지 호민이는 친구를 사귀지 못했고, 또래 아이들도 호민이를 놀리고 때리는 대상으로밖에 여기지 않았다.

사회성이 전혀 없는 호민이를 일반 초등학교에 입학시킨다고 했을 때, 호민이가 보통 아이들과의 학교생활을 견뎌내지 못할 거라고들 걱정했다. 조기치료실 선생님조차 말렸을 정도로 호민이의 일반학교 입학은 모험에 가까웠다.

그런데 주위 사람들의 우려를 뒤로 하고 호민이를 특수학교가 아닌 일반학교에 통합시킨 것에는 뭐든 잘 따라하는 호민이가 비장애 아이들의 행동을 따라할 수 있는 여건을 만들어주려는 의도가 컸다.

기대는 어긋나지 않았다. 입학하고 한 달 만에 통합교육의 효과가 화장실에서 나타났다. 소변볼 때 바지를 무릎까지 내려서 엉덩이를 다 내보이는 것을 집에서는 아무리 고쳐주려고 해도 안 되더니, 기특하게도 친구들이 고추만 내놓고 일을 보는 모습을 보고 따라하게 된 것이다. 급하면 운동장이든 화단이든 아무 데서나 소변을 보던 버릇도 친구들의 적극적인 간섭 덕분에 오래지 않아 고쳐졌다. 언제부턴가 집에서도 화장실 문을 잠그고 일을 보는 젠틀맨이 된 것도 다 학교에서 친구들한테 정석대로 배운 결과이다.

차례를 지켜 급식을 받고, 공연장이나 현장학습에서도 줄서서 기다렸다가 관람하는 것도 친구들과 생활하며 자연스럽게 몸에 밴 습관이다.

아직도 농담이나 개그가 전혀 통하지 않는 호민이는 친구들이 자기를 놀리느라 하는 행동까지도 놀이처럼 받아들이고 즐긴다.

저학년 때는 학교에서 돌아오면 인형을 방 가운데 죄다 모아 놓고 빙빙 돌면서 "얼레꼴레~ 얼레꼴레~" 하며 놀았다. 친구들이 주위를 돌며 손가락질하는 것을 순진한 호민이는 재미있는 놀이로 생각했던 모양이다.

교실에서 중얼중얼 혼잣말을 하고, 수업 중에 자리에서 일어나 돌아다니는 호민이를 짓궂은 친구들이 '돌았다'며 손가락을 머리에 대고 원을 그리며 놀리는 것도 인형한테 똑같이 따라하며 즐겼다. 그런 모습을 볼 때마다 나는 가슴이 철렁 내려앉았다.

"호민아 너 지금 뭐 하니?"

"빙빙 돌아라, 해."

자기를 놀리는 것도 모르는 아이를 애처롭게 여겨야 할지, 차라리 아무것도 몰라서 상처받지 않으니 다행이라 여겨야 할지 혼란스러웠다.

친구들이 놀이에 호민이를 끼워주기도 하는 모양이다. 집에 와서 '가위바위보' '보리쌀 놀이'를 하자고 엄마를 조른다. 규칙을 제대로 이해하지는 못해도 흉내를 내는 게 신기해서 호민이가 그만하자 할 때까지 응해준다.

한번은 특수교육원에 갈 시간이 한참 지나도 호민이가 학교에서 나오지 않기에 교실로 올라가봤다. 한 아이가 대걸레를 교실 바닥에 대고 좌우로 돌리면 다른 아이들은 마치 줄넘기하듯이 폴짝폴짝 뛰며 피하고 있었다. 호민이도 신이 나서 연신 소리를 지르며 피하는 시늉을 하는데 대걸레에서 멀찌감치 떨어져서 펄쩍펄쩍 뛰는 폼이 한두 번 해본 게 아니었다.

6학년 1학기 때, 학교 급식소에서 호민이가 울었다는 얘기를 듣고, 선생님한테 이유를 물었다가 한참을 웃었다. 급식소 가기 전에 교실에서 호민이가 먼저 한 친구를 놀렸다. 가운뎃손가락으로 친구한테 '엿'을 먹였단다. 엉겁결에 '엿'을 받고 열 받은 친구가 자기한테 '엿'을 연발로 두 개나 날리자, 자기는 한 개밖에 안 날렸는데 친구가 두 개나 날렸다며 억울해서 울었다는 선생님 설명에 배꼽이 빠져라 웃었다.

아들이 친구한테 욕을 했다고 좋아하는 엄마가 세상에 또 있을까마는, 참말로 호민이가 친구한테 진 것이 억울해서 울었다면 이런 경사가 어디 있나 싶다.

육 년 동안 호민이한테 호의적인 친구도 많았지만, 이유 없이 괴롭히는 친구도 있었다. 2학년 내내 호민이를 죽자고 괴롭힌 아이가 있었다. 그 아이가 쳐다보기만 해도 눈을 깜박거리고 한쪽 볼을 심하게 찡그리는 틱 장애가 생겼을 정도였다.

소극적이고 수동적인 성격인 호민이는 친구한테 스트레스를 받으면 부적응 행동이 더 심해지기도 했다. 손톱을 물어뜯고, 자기 머리를 주먹으로 때리는 자해 행동까지 할 때는 통합교육에 회의를 느낀 적이 한두 번이 아니었다.

호민이의 초등학교 육 년은 세상과의 치열한 싸움이었다. 이해력과 사고력, 집중력, 사회성, 어느 것 하나 제대로 발달하지 못한 아이에게 하루하루 맞부딪쳐야 하는 낯선 환경은 엄청난 에너지와 인내력을 요구했을 것이다.

그러나 그 고통 속에서도 아이는 아침마다 학교에 가야 한다며 집을 나섰다. 호민이를 학교로 끌어들이는 힘... 그것은 친구들의 따뜻한 관심과 사랑이었을 것이다.

비장애인이 장애인을 괴롭혀서
마음이 아파요

"아줌마, 오늘 호민이가 교실에서 물고기 만지다가 선생님한 테 혼났어요."

"아줌마, 호민이는 왜 크레파스를 먹어요?"

"아줌마, 호민이는 왜 장애인이 됐나요?"

저학년 때 학교 앞에서 호민이를 기다리다 만난 아이들은 재잘재잘 끊임없이 호민이 얘기를 했다. 그때는 호민이를 어 떻게 생각하느냐고 물으면 "귀여워요." "예뻐요." "보살펴 줘 야 해요." 대답들도 곧잘 했다.

그러던 아이들이 4학년이 되면서 점차 호민이에게서 관심이 멀어지는가 싶더니, 6학년인 지금은 내가 물어보지 않으면 호민이 얘기를 하지 않는다. 담임 선생님과 이야기를 나누다가 친구들이 호민이를 어떻게 생각하는지 물어보았다.

"재미있다고들 하던데요. 가끔 엉뚱한 소리를 해서 수업 시간에 한바탕씩 웃는답니다."

"공부에 방해된다고 싫어하겠네요?"

"호민이 덕분에 공부 안 해서 좋다고 하던걸요. 참, 그리고 한 아이가 이렇게 말하더군요."

"뭐라고요?"

"호민이는 정신만 똑바르면 킹카인데 아깝다고요. 호민이 미남이잖아요. 애들 마음에도 호민이가 장애를 가지고 태어난 게 안타까운가 봐요."

내친 김에 선생님한테 설문조사를 부탁했다. 친구들이 평소에 호민이를 어떻게 생각하고 있는지에 대해서 네 가지 질문을 만들었다. 무기명으로 하고 남녀만 표시하게 했다.

첫 번째 질문은 '장애인 친구와 생활하며 느낀 점을 솔직하게 말해 달라'는 것이었다. 응답자 35명 중 '불쌍하다' '재미있다'가 23명이었고, '공부에 방해가 된다'가 7명이었다. '내가 장애인이 아닌 것이 감사하다'는 어른스러운 표현도 있다.

두 번째 질문은 '장애인 친구는 나에게 어떤 존재인가'였다. 대부분이 '도와줘야 하는 친구'이거나 '그냥 같은 반 친구'라는 대답을 했다. '장애인에 대해 한번 더 생각하게 하는 존재'라는 고차원적인 대답도 있었다.

세 번째는 '장애인 친구를 어떻게 도와주었나요?'라고 질문을 했다. '어떻게 도와줘야 할지 몰라서 못 도와줬다.' 가 10명이 넘었다. '교실 밖에 나갔을 때 잘 데리고 들어왔다.' 등 구체적으로 대답한 친구가 10명 정도이고, 나머지는 '쉬는 시간에 놀아주었다.' '화장실에서 도와주었다.'고 대답했다.

네 번째는 '장애인과 함께 공부하는 것(통합교육)에 대한 의견'을 물었다. 반대가 8명이고 나머지는 '괜찮다' '좋다' '함께 공부해서 병이 나으면 좋겠다'고 대답했다. 반대한 아이들은 거의가 '공부시간에 집중할 수 없어서'라고 대답을 했는데, 한 여자아이는 장애인의 통합을 반대하는 이유를 '비장애인이 장애인을 괴롭혀서 마음이 아파서'라고 대답했다.

설문조사에서 대부분의 친구들이 호민이를 착하고 약한 아이로, 도와줘야 하는 아기 같은 친구로 여기고 있다는 것을 알 수 있었다. 호민이가 가는 곳에는 늘 아이들이 따라붙고, 수업 시간이 되어도 교실에 들어오지 않으면 누가 먼저랄 것도 없이 호민이를 찾아 나선다고 선생님은 말했다. 어느 날은 호민이를 도와주는 당번을 자기들끼리 정해서 선생님한테 보고했는데, 아이들의 따뜻한 마음에 선생님도 감동했다고 덧붙였다.

호민이 특유의 행동들을 보며 '재미있는 친구'라고 생각하는 아이들의 여유가 오히려 고맙다. 몇몇 친구들은 아직도 '바보야'라며 놀리기도 한다는데 정작 호민이는 친구들의 놀림에 대응할 만큼의 사회성이 안 되니 친구들의 놀림도 그저 놀이이고 즐거울 뿐이다.

다른 사람의 기분이나 분위기를 파악할 줄 모르는 호민이의 중얼거림 때문에 '수업에 집중할 수 없다.'고 대답한 친구가 7~8명이나 된다니 미안한 마음뿐이다. 그래도 대다수의 아이들이 '공부에 방해가 되지만' '함께 있으면 기분이 좋아지는 친구'라고 대답해줘서 고맙다.

5학년 때 같은 반 남자아이한테 호민이를 어떻게 생각하느냐고 물어봤다. "우리보다 서너 살 어리다고 생각하면 된대요."

"누가 그래?"

"선생님께서 그렇게 말씀하셨어요. 그러니까 동생이라 생각하고 호민이 잘 도와주라고요."

학교생활에서 장애인 친구를 대하는 아이들의 태도는 선생님의 말씀 한마디에 따라 하늘과 땅만큼이나 큰 차이가 난다. 선생님이 긍정적인 시각으로 장애아를 바라보면 친구들도 장애인 친구에게 호의적이고 관대하며, 선생님의 시각이 부정적이면 아이들도 장애인 친구를 외면한다.

자기 의견이나 생각을 언어로 표현할 수 없는 호민이가 일반학교에서 비장애 아이들과 생활하며 여전히 학교에 가는 것을 즐거워하는 것은, 담임 선생님과 친구들의 배려와 사랑이 만들어낸 '작품'이다.

발달장애아를 키우는 부모로서, 육 년 동안 아이의 통합교육을 지켜본 엄마로서 바람이 있다면, 호민이를 '불쌍하다' '어떻게 도와줘야 할지 몰라서 못 도와주었다'고 대답한 아이들의 마음이 바뀌어서 '더불어 살아가야 하는 친구' '묵묵히 지켜보며 응원해 줘야하는 친구'로 대해주었으면 하는 것이다.

호민이가 친구들의 기억 속에 '생각만 해도 기분 좋아지는 친구'로 오래도록 남아 있기를 소망한다.

5부

·

어울려 살아가는 길

열린교실
열린 마음

"어머님들, 우리 아이들이 직접 만든 작품들 찾아가세요."

'열린교실' 아이들이 일주일에 한 번씩 공방에 가서 만든 도예품들이 드디어 모습을 드러냈다. 코를 보고서야 돼지라는 것을 짐작할 수 있는 동물도 있고, 초를 꽂아서 쓰기엔 왠지 불안한 비스듬한 촛대와 알록달록 딱정벌레 등껍질 모양의 갓을 쓴 버섯도 있다.

아이들의 작품을 받아 든 엄마들은 작품 감상보다 표정 관리에 바쁘다. 기쁨과 감격이 뒤섞인 얼굴들. 그동안 우리 아이들이 공방을 드나들기는 했지만 이렇게 작품을 만들어 내리라곤 기대하지 못했다. 일주일에 한 시간씩이라도 마음껏 찰흙을 만지는 것으로 아이들의 감각이 깨어나길 바랐을 뿐이다.

"이야, 지금 실력대로라면 곧 유명한 도예가들이 줄줄이 나오겠는데요?" 누군가의 너스레에 모두들 와아아 하고 웃었다.

'열린교실'은 2003년 1월에 장애아동 사회성 향상을 위해서 개설된 프로그램이다. 발달장애아동(자폐, 지적장애) 열두 명으로 구성된 '열린교실'에서는 한 명의 담당 선생님과 도우미(자원봉사자)들로 수업이 이루어진다.

수영, 스쿼시, 인라인스케이트, 달리기 등의 운동 프로그램과 공방 체험(도자기 만들기), 동화구연, 합주, 풍선 아트 등 실내 프로그램이 있다. 프로그램마다 특성은 다르지만 아이들의 협동심과 사회성을 기르는 것이 최종 목표다.

아이들마다 특성과 재능이 다르다 보니 열두 명 모두 만족하고 즐거워하는 프로그램을 찾기란 쉽지 않았다.

아홉 살 여자아이 혜인(가명)이는 풍선 아트 시간에 여전히 프로그램실에 들어가지 못하고, 옆방에서 친구들이 만든 여러 가지 모양의 풍선을 만지고 있다. 소리에 특히 민감한 혜인이는 풍선 터지는 소리를 무서워하고 싫어한다. 몇 달 동안은 풍선을 쳐다보는 것조차 거부했지만 지금은 풍선을 만지는 데까지 발전을 했다. 선생님께서는 혜인이도 곧 프로그램실에서 풍선 아트에 동참할 거라고 장담한다.

운동신경이 둔한 호민이와 열두 살 남자아이 재민이(가명)는 달리기 시간을 가장 싫어하지만, 열네 살 진수(가명)는 반대로 달리기 광이다. 마라톤 대회에도 여러 번 참가한 진수는 평소에도 걷기보다 달리기를 좋아해서 '열린교실'에도 뛰어서 오고, 꽤 높은 건물의 계단도 순식간에 오르내린다.

수영은 탈의실에서 옷 갈아입는 것과 샤워하는 것부터 일일이 가르쳐야 하기에 비장애 아이들의 수영 강습과는 차원이 다르다. 탈의실에서 떠들지 않고 옷을 잘 개켜서 사물함에 넣고, 샤워할 때 옆사람에게 물이 튀지 않게 조심하는 등 타인에게 피해를 주지 않는 것을 가르치는 것이 수영보다 더 중요한 수업이다.

수영장에서 아이들의 모습은 천차만별이다. 겁이 많아 물에 들어가는 것조차 거부하는 아이에서 물을 보자마자 첨벙 잠수하며 물놀이를 즐기는 아이까지. 이제는 아이들 모두 좋아하는 시간으로 바뀌어서 하나같이 수영 시간을 기다린다.

아이들의 자립을 돕기 위한 첫 번째 시도로 일주일에 한 번씩 '버스 타기'를 한다. 열두 명의 아이들과 자원봉사자 서너 명이 함께 타는데, 선생님은 '버스 타기'가 가장 수월한 수업이라고 한다. 평소에는 이리 뛰고 저리 뛰고 정신을 못 차리게 하던 아이들이 버스만 타면 입 꼭 다물고 차창 밖을 내다보며 '감상'에 젖는다. 한 노선을 몇 달째 반복하고 있는데, 아이들 스스로 요금을 내고 대중교통을 이용하는 것이 수업의 목표다.

평소에는 바쁜 스케줄로 엄마가 운전하는 차를 타고 다니던 아이들이 처음 가보는 길을 따라 차창 밖으로 펼쳐지는 풍경을 느긋하게 즐기는 시간은 틀림없이 정서적 안정에도 도움이 될 것이다.

그런데 '버스 타기' 수업의 결과가 엉뚱하게 나타나서 선생님을 비롯한 자원봉사자, 엄마들이 총동원되는 황당한 사건이 있었다. 9월 중순의 어느 날이었다. 프로그램 끝나고 엄마들이 '열린교실' 앞에서 각자 아이들을 차에 태우고 있는데, 아홉 살짜리 지웅이(가명)가 사라진 것이다. 평소에도 호기심이 많아서 대열을 자주 이탈했지만 이내 선생님 눈에 띄곤 해서 금방 찾을 줄 알았다. 근처 500미터 반경을 정해 놓고 너도나도 지웅이를 찾아다녔다. 삼십 분쯤 지나자 경찰에 신고를 하고, 더 많은 사람이 지웅이를 찾아 나섰지만 아이는 어디에도 없었다. 세 시간 만에 10킬로미터 넘게 떨어진 곳에서 지웅이를 찾았는데, 아이는 자기 집과 반대 방향으로 걷고 있었다.

"지웅아, 거기까지 왜 갔어? 어디 가는 중이었니?"

"북삼"

"북삼에 무엇 때문에 가려고 했니?"

"창신아파트 살 서야."

지웅이는 북삼이라는 동네에 있는 창신아파트에 가려고 했다는데, 지웅이 엄마는 이해할 수가 없었다. 그곳은 아이가 한 번도 가보지 않은 곳일뿐더러 아는 사람도 없었다. 말을 잘 못하는 지웅이는 계속 '북삼, 창신아파트'만 되뇔 뿐 왜 그곳에 가려고 했는지는 대답하지 못했다. 이튿날, '버스 타기' 수업 때 그 동네를 지나다녔다는 선생님 말씀을 듣고서야 수수께끼가 풀렸다. 지웅이는 버스 안에서만 바라보던 창신아파트에 직접 가보고 싶었던 것이다.

많은 사람들이 '열린교실'에 대해서 궁금해한다.

가장 많은 질문 가운데 하나가 프로그램이 많아서 비용이 만만치 않겠다는 것이다. 한마디로 '아니올시다'이다.

일주일에 두 번 하는 수영은 YMCA 수영장을 무료로 사용하고, 매주 목요일에 하는 스쿼시도 장소는 물론 장비와 전문 강사까지 몽땅 무료다. 동화구연 선생님은 바쁜 활동 중에도 일주일에 한 번씩 우리 아이들을 위해서 최선의 수업 준비를 하고 자원봉사를 해준다.

풍선아트도 전문 선생님이 직접 와서 봉사하고, 도예 선생님은 일주일에 한 시간씩 자신의 공방을 기꺼이 내주고 직접 지도도 해준다.

그 외에도 아동복지나 사회복지를 전공하는 학생들이 요일을 정해서 수업 도우미로 봉사를 해주고, 가까이에 있는 금오공대 학생들도 정해진 시간에 자원봉사하러 찾아온다.

한마디로 '열린교실'은 여러 사람을 한 곳에 모이게 하는 에너지원인 셈이다. 아이들을 대신해서 엄마들이 자원봉사자에게 "고맙습니다." 한마디로 그들의 수고와 노력에 감사를 보낸다. 더불어 살아가는 사회를 직접 몸으로 만들어가는 사람들이 모인 아름다운 집합체 '열린교실'이 이곳에 있다.

따뜻하고
선한 이웃

사원아파트에 살다가 지금 사는 아파트로 이사 온 것은 1995년 2월이다.

사택은 비좁고 오래된 복도식 아파트였지만, 집집마다 현관문을 열어놓고 살아서 아이들은 복도에서 자전거를 타고 놀다가 아무 집에나 들어가서 냉장고를 열고 물을 꺼내 마셔도 흉이 되지 않았다.

엄마들도 이 집 저 집 몰려다니며 부침개도 부쳐 먹고, 양푼이 비빔밥을 만들어 빙 둘러앉아 한 숟갈씩 떠먹으며, 육아도 공동으로 하다시피 했다. 네 아이 내 아이 안 따지고 코도 닦아주고 밥도 먹여주고 응가도 치워주었다. 자유로운 동네 분위기 덕분에 호민이가 아무 때고 신발 신은 채로 남의 집을 들락거리고 하루 종일 울어대도 우리 가족은 당당하게(?) 살 수 있었다.

새 집을 분양 받아 이사를 오고 보니 현관문을 열고 나서면 바로 계단이고 엘리베이터다. 아홉 집이나 되던 옆집이 한 집밖에 없다. 호민이는 이사 와서도 옆집 윗집 아랫집을 제 맘대로 드나들고 싶어했지만, 천방지축인 아이를 낯선 집에 가게 할 수는 없었다.

이사 오고 서너 달 동안 호민이는 오전에 특수교육실에 다녀오면 오후에는 집에 있었다. 오후 시간을 집이나 놀이터에서 무료하게 보내는 것이 아깝기도 하고, 아이도 너무 심심해해서 가까이 있는 선교원을 보냈다. 옆 동에 사는 병하네를 알게 된 것이 그 무렵이다.

병하는 호민이보다 한 살 적은 남자아이로, 흔히 얘기하는 '늦된 아이'였다. 선교원에서 매일 만났는데, 처음에는 호민이와 비슷한 면이 많은 아이라고 느꼈다. 늘 엄마한테 매달려 있었고, 선교원에서 돌아올 때는 항상 눈물 자국이 있었다. 병하 엄마 얘기로는 네 살까지 엎드려서 장난감 자동차 바퀴를 하염없이 돌리고 있을 때가 많았다고 했다. 다섯 살인데 말도 거의 못했다. 엄마와 눈을 맞추며 "엄마!" 하고 부르는 것으로 봐서 아주 심각한 상태는 아닌 것도 같았다. 그러더니 여섯 살이 되면서 말문이 트였다. 엄마와 떨어져서 네 살 위 형이랑 밖에 나와 공차기도 하고 자전거도 잘 타는 아이가 되었다.

호민이가 한 해 늦춰서 병하와 함께 초등학교에 입학할 즈음에, 병하가 자기 엄마한테 호민이는 왜 말을 못하는지 진지하게 묻더란 얘기를 들었다. 병하는 또래에 비해 이해력과 언어 표현력이 조금 떨어지긴 했지만, 해가 갈수록 빠릿빠릿해져서 노심초사하던 엄마를 기쁘게 했다.

나와 함께 병하네 집에 몇 번 놀러간 후로 호민이는 혼자서도 병하네 집을 수시로 드나들었다. 새벽에도 가고, 밤중에도 속옷 차림으로 달려갔다. 병하가 보는 동화책을 몇 권씩 들고 오기도 하고, 냉장고의 아이스크림을 제 마음대로 꺼내 먹고, 장롱 속 이불을 몽땅 꺼내고 그 안에 들어앉아 놀기도 했다. 아이들이 대개 자기 집보다 남의 집에서 노는 것을 좋아하기는 하지만 호민이는 도가 지나칠 정도였다.

다행히 호민이가 매일 아무 때고 문 벌컥 열고 들어가 집 안을 쑥대밭으로 만들어 놓아도 병하 엄마는 싫은 내색 한번 하지 않았다. 호민이가 놀다가 똥을 싸면 뒤를 닦아주고, 간식을 챙겨주고, 물장난하다가 옷을 버리면 병하 옷으로 갈아

입혀 보냈다.

　나보다 네 살 위인 병하 엄마는 늘 언니같이 나와 호민이를 다독거려주었다. 내가 지나가는 말로 잡채가 먹고 싶다 하면, 어느새 잡채를 해놨으니 먹으러 오라고 연락이 왔다. 지극히 감성적이고 현실적이지 못해서 물러 터진 나와 달리, 이성적이고 객관적이며 논리정연한 성격의 병하 엄마는 호민이 때문에 중심을 잃고 안절부절못하며 흔들리는 나를 따끔한 말로 혼내기도 했다. 운전을 못해 버스를 두 번씩 갈아타며 호민이를 치료실에 데리고 다니던 나를 운전학원에 등록하게 한 것도 병하 엄마였다. 내가 초보 운전자였을 때 조수석에 앉아서 꼼꼼하게 도로 연수를 시켜주기도 했고, 가끔 병하 옷 살 때 호민이 생각나서 하나 샀다며 건네기도 했다.

　호민이와 병하가 4학년이 되는 해에 병하네는 아빠 따라 가족 모두 미국으로 갔다. 처음 병하네가 미국 간다는 말을 들었을 때는 잠이 오지 않았다. 힘들 때 의지하던 이웃이었는데 헤어진다고 생각하니 마음이 뒤숭숭해서 입맛도 없었다. 집까지 팔고 간다고 해서 한 번 더 충격을 주더니, 그 해 4월에 병하네는 우리 동네를 떠났다.

　호민이는 주인 바뀐 병하네 집을 몇 번 다녀오더니 더 이상 가지 않는 눈치였다. 어쩌다 한 번씩 "403호, 병하 없다." 하며 병하를 찾았다. 병하는 미국에 가 있고, 미국은 비행기나 배를 타고 오래오래 가야 하는 곳이라고 했더니, 이해가 안 되는지 "라노스 타고 미국에 가자!" 했다.

병하네는 2년 후 한국에 잠깐 들렀다가 아빠가 홍콩으로 발령이 나서 짐도 못 풀고 홍콩으로 갔다. '사스'로 중국과 홍콩이 시끄러울 때 메일을 보냈더니 다행히 가족 모두 신상하게 잘 지낸다고 답장이 왔다. 온가족이 주일이면 교회에 나가는데, 뭐든지 배우는 것을 좋아하는 병하 엄마는 헬라어 성경 공부반에 들어가 헬라어를 열심히 배운다고 한다. 병하와 형 병훈이는 영어를 술술 말하고, 병하 아빠는 가끔 국내 구미 본사로 출장을 오시기도 한다는 얘기를 전해 들었다.

병하네가 언제 우리나라에 돌아올지 아직 예정에 없지만, 늘그막에 시골에 나란히 집 지어놓고 오손도손 오가며 살고 싶은 가족을 꼽으라면 나는 주저 없이 '병하네'라고 말할 테다. 호민이 때문에 힘들어 지쳐 있을 때 병하 엄마를 생각하면 알 수 없는 위로의 손길이 느껴지고 다시 일어설 힘이 생겨난다. 병하 엄마한테도 내가 좋은 이웃이었을까? 문득 이런 생각을 해 본다.

그래도
가족이다

호민이를 낳았을 때 시아버님께서 어찌나 좋아하셨던지 시어머님은 두고두고 그때 얘기를 하신다. 며느리가 출산했다고 어머님께서 우리집에 오셨는데, 미역국을 넉넉히 끓일 만한 큰 솥이 없어서 대구 시댁에 계시던 아버님께 전화로 솥이 없다고 하셨단다. 아버님께서는 그 길로 시댁에 있는 큰 곰솥을 들고 오셨다. 어머님께서도 산 지 얼마 안 된 새 솥이라 아끼던 것인데, 며느리 미역국 끓여주라고 덥석 들고 오셨으니 그 속정을 누가 말리겠느냐 하셨다. 그때 시아버님이 들고 오신 곰솥을 꺼내 쓸 때마다 그 사랑에 숙연해진다.

맏손자에 대한 사랑이 어쩌나 지극하셨던지 호민이가 두 돌이 되도록 시아버님은 호민이를 즐겨 업어주셨다. 아이를 포대기로 대충 둘러 업은 모습이 정겨워 사진기를 들이대자, 아버님은 멋지게 포즈를 잡고 웃으셨다.

내가 시집온 뒤로 시누이 하나와 시동생 둘이 결혼을 했다. 형제들의 결혼이 임박해올수록 내 고민은 더해갔다. 장애인에 대한 우리나라 사람들의 인식으로 미루어, 장애아가 있는 집안과의 혼인을 꺼리지 않을까 하는 염려로 결혼이 성사될 때까지 노심초사했다. 손아래 시누이를 시집보낼 때도 그 댁에서 호민이를 어찌 여길지 신경이 쓰이긴 했지만, 동서를 볼 때만큼 눈치를 보지는 않았던 것 같다.

사진으로 미리 본 동서는 수수하고도 예쁜 아가씨였다. 시동생이 교제 중인 아가씨와 혼담이 오갈 즈음에 우리집에 동서를 데리고 왔다. 형님 형수한테 정식으로 인사를 시키려고 온다는데 순간적으로 '호민이를 어쩌지?' 하는 마음이 들었다. 시동생이 호민이 얘기를 했을까 궁금했고, 만약 얘기하지 않았다면 그 뒷감당을 어찌해야 할까 막막했다. 당시 호민이는 여덟 살이었는데 집에 손님이 오면 반갑고 좋다는 표현으로 온 집안을 깡충깡충 뛰어다니고, 아무한테나 매달려서 업어달라고 하던 때였다. 행여나 그런 호민이 때문에 동서 될

아가씨가 시집도 오기 전에 마음이 심란해져서 결혼이 취소되지 않을까 전전긍긍했다.

다행히 동서는 호민이의 돌출 행동을 웃음으로 받아주었고, 우리집에 다녀간 뒤에도 별 말이 없었다. 결혼 후에도 호민이를 평범한 아이 대하듯 하며, 눈도 맞추지 않고 물어도 대답 없는 아이한테 이런저런 간섭도 하고 놀아주기도 했다.

한번은 시댁에 온 가족이 모여서 함께 식사를 했는데, 서로 시간이 맞지 않아서 식사시간이 늦어졌다. 배고픈 걸 못 참기도 하지만 상황 설명이 통하지 않는 호민이가 혼자 먼저 밥을 먹다가 양이 찼는지 그만 먹겠다고 일어나기에 밥그릇을 치우려고 할 때였다.

"형님, 그거 제가 먹을래요."

난 순간 깜짝 놀라 동서를 쳐다봤다.

동서는 여전히 그 사람 좋은 웃음으로 밥그릇을 받아 들었다.

"뭐 어때요. 애가 먹던 건데요. 저 사실은 배가 너무 고픈데 어른들께서 식사 전이시라 먼저 먹을 수도 없고요. 그래서…"

그러면서 호민이가 먹던 국 만 밥을 다 먹었다. 너무도 맛

있게!

그날 이후 동서 생각만 하면 자꾸 눈물이 났다. 그제서야 나는 호민이를 향한 동서의 마음이 가식이 아니었음을 깨달았던 것 같다. 그때 동서는 큰아이를 임신하고 있었다. 뱃속에 아이를 가진 엄마라면 당연히 가릴 것 가리고, 예쁜 것만 골라 먹고, 고운 말만 할 터였지만, 동서는 내 고정관념뿐 아니라 편견과 아집까지 모두 버리게 해주었다. 그동안 동서는 남매를 낳았는데 두 아이 모두 건강하고 똘똘하다. 나는 그게 또 고맙고 예쁘기만 하다.

아주 가끔 장애아와 가족들 사이에서 갈등하는 엄마들을 만난다. 불과 몇 년 전만해도 장애아를 낳은 부모의 마음고생은 이루 말로 표현할 수 없을 정도였다. 장애아를 낳은 것을 마치 천형이라도 되는 듯 여기는 사회 분위기뿐만 아니라, 힘이 되어주어야 할 가족들마저 냉대를 했다고 하니 안타깝다. 시어른들의 구박에 못 견뎌 결국엔 남편과 이혼하고 홀로 아이를 키우는 엄마가 있는가 하면, 남편이 사사건건 아이를 구박하는 것도 모자라 딴 여자와 살림을 차리고 보란 듯이 집에까지 여자를 데리고 들어오는 바람에 이혼서류에 도장을 찍어준 엄마도 있었다.

몇 년 전에 장애인학교에 다니는 아이의 엄마가 자살했다는 얘기를 같은 학교에 다니는 엄마한테서 듣고 함께 운 적이 있다. 장애아에 중풍 든 시어른까지 모시고 살았다는 그 엄마는 사는 게 얼마나 힘들고 고통스러웠으면 모자라는 자식을 두고 자살까지 했을까. 그 마음이 온 가슴으로 전해왔다.

호민이가 장애아라고 가족 중 누구도 나한테 싫은 소리 한 번 한 적이 없다. 맏며느리가 낳은 아이가 건강하게 잘 자라주었으면 하는 마음이야 왜 없으실까마는 일언반구 말씀이 없으시니 그저 면구스러울 뿐이다.

시어머님은 내가 시누이나 동서가 낳은 아기들을 업어주고 안아주는 것을 보면 애써 모른 척하신다. 그러다가 조용히 한숨 섞어 한마디 하신다.

"너도 아직 안 늦었는데 애 하나 더 낳아보지 그러냐. 설마 또 그러기야 하겠냐."

아이를 둘이나 잃고 하나 남은 호민이마저 장애아임을 두고 하시는 말씀이다. 남편이 불임수술을 했다는 말씀을 언젠가는 드려야겠지만, 아직은 어른들의 마음을 더 아프게 해드리고 싶지 않아 미루고 있다.

"나중에 너희 세 식구 시골에다 집 짓고 곡식이나 가꾸며 살면 안 되겠나?"

평소에 별로 말씀이 없으신 시아버님께서 어느 날 불쑥 말씀하셨다. 호민이가 어른이 되면 부모와 따로 떨어져 살아야 할 형편에 놓일 수도 있지 않겠냐는 내 말이 마음에 걸리셨던가 보다. 정상적인 자식이 아니니 나이 들어 장가를 보내겠다는 얘기가 아님을 아시는지라 장애인 시설이나 성인이 된 장애인에 관한 기사에 관심이 많으신 것 같다.

"부모 살아 있는 동안에는 같이 사는 게 좋지 않겠나? 믿을 만한 데가 있어야 말이지. 까짓 먹고사는 거야 땅 있으니 어찌어찌 되겠지."

말씀을 꺼내시기까지 얼마나 오랫동안 고심하셨을까 생각하면 마음이 아프다.

"내다. 호민이 뭐 하노? 바꿔봐라."

수화기 넘어 시어머님의 설레는(?) 목소리와는 달리, 수화기를 받아든 호민이는 건성으로 "변호민, 14살." 한다. 할머니의 질문은 언제나 똑같다. "네 이름이 뭐냐?" "몇 살이냐?"

열네 살짜리 손자한테 하는 질문치곤 유치하기 그지없지만, 그렇게라도 손자의 목소리를 듣고 싶어 하는 할머니 마음을 알 턱이 없는 호민이는 어느새 전화를 끊고 딴 짓을 하고 있다.

자폐아에게도
꿈이 있다

많은 사람이 자폐아라고 하면 엉뚱한 행동을 지칠 줄 모르고 반복하며, 괴성을 지르고 남에게 피해를 주는 것으로 알고 있다. 자폐아들이 이상한 행동을 하고 언어보다는 행동으로 욕구를 충족하려고 하는 것은 뇌 구조와 신경전달물질의 이상으로 인한 문제라고 한다. 정보를 받아들이는 방식도 비장애인들과 다르다고 알려져 있다. 비장애인들의 일반적인 행동을 습득하지 못하기 때문에 사회성이 거의 발달하지 못한다. 비록 언어표현에 서툴고 사회성이 결여되어 비장애인이 이해할 수 없는 행동을 하지만, 아이들 나름대로 재능이 다양하고 어느 한 분야에서 두각을 나타내는 자폐인도 있다.

자폐아들도 꿈을 꾼다. 정확히 말해서 부모들의 꿈이라고 하는 게 옳겠다. 자폐아 스스로는 미래에 대한 장기적인 계획을 세워 추진해나가는 능력이 부족하기 때문이다.

민영이(가명)는 이번 여름방학에도 혼자서 점심을 해결했다. 라면이나 짜장라면, 스파게티 등 주로 면 종류인 인스턴트식품을 직접 요리해서 먹었다. 포장된 재료 외에도 파, 버섯, 계란 등을 첨가해서 요리를 하는데, 요리사처럼 재료들을 작은 접시에 각각 담아서 조리대 위에 나란히 준비해 뒀다가 물이 끓으면 한 가지씩 집어넣는다.

방학숙제로 과일 샐러드를 만들 때는 '푸드 채널'에서 힌트를 얻어 샐러드 재료를 민영이가 직접 정했다. 장보기만 엄마한테 도움을 요청했을 뿐 요리는 민영이가 손수 만들었다. 첫 번째 시도는 실패했다. 준비된 재료를 마요네즈로 버무리는 과정에서 일회용 장갑을 끼고 나물 무치듯이 마구 주무르는 바람에 바나나가 다 뭉개져서 자기 말대로 '요플레'가 됐기 때문이다. 숟가락으로 살살 저어야 된다고 가르쳐줬더니 다음날은 멋진 과일 샐러드를 만들어냈다.

우유에 여러 가지 과일을 넣어 쉐이크를 만들고, 끼니마다 엄마의 요리를 돕느라 손가락을 베이고 뜨거운 물에 데기도 하지만 민영이의 음식 만들기는 계속된다.

민영이는 올해 열한 살로, 발달장애 3급의 자폐아다. 아홉 살이던 2학년 겨울방학부터 혼자서 점심을 만들어 먹었는데, 처음에는 조리하기 간편한 라면을 주로 만들어 먹었다. 엄마나 연년생인 여동생은 안중에도 없고, 자폐아답게(?) 딱 한 개만 끓여서 혼자 먹었다. 올해에는 동생 것까지 만들어 같이 먹기도 하는데 엄마가 부탁할 때만 그럴 뿐 알아서 다른 사람을 챙기는 것은 아직 무리인 듯하다.

음식 만들기뿐 아니라 간단한 속옷 빨래는 직접 하고, 실내화도 자기가 빨아서 말린다. 적은 돈은 계산할 줄 알아서 슈퍼에서 사고 싶은 것을 곧잘 사온다. 민영이 엄마는 딸이 자라서 요리사나 제빵사가 되어서 자립할 수 있기를 고대하고 있다.

열네 살인 진수(가명)는 산을 달리는 아이다.

지난 봄에 마라톤대회에 두 번 참가해 10킬로미터를 한 시간대에 완주했다. 함께 뛴 아빠가 앞서가는 진수를 자꾸 불러 세우지만 않았으면 그보다 훨씬 좋은 기록을 남겼을 거라며 엄마는 안타까워했다. 등산을 할 때는 산을 달리기하듯 뛰어서 오르며, 정식으로 배운 적은 없지만 수영 실력도 뛰어나다.

진수는 목소리에 높낮이가 전혀 없다. 노래를 할 때도 음의 고저가 없어서 책 읽듯 노래한다. 진수네 집에 전화를 해본 사람은 마치 자동응답기로 녹음해서 들려주는 듯한 진수의 한결같은 음성을 들을 수 있다. "여보세요. 안녕하세요. 조진수입니다. 엄마 바꿔드릴게요." 숨 한번 안 쉬고 이렇게 말하고는 엄마를 바라본다. 전화 받으라고.

여드름이 얼굴 전체를 뒤덮고, 몸에도 어른이 되어 가는 여러 가지 징후가 나타나기 시작한 것은 열세 살 겨울방학이 끝날 무렵이었다. 사춘기라서 자주 우울해하던 진수는 올해부터 다시 심리치료를 시작했다. 일반학교에서 통합교육을 받는데 수업 중에 이유 없이 큰소리로 울어서 일찍 하교하기도 하고, 차분하다가도 어느 순간 끓어오르는 울분을 주체하지 못하고 제자리 뛰기를 하는 등 감정 기복이 심해졌기 때문이다.

방학 중에는 엄마와 매일 산행과 수영을 하면서 사춘기를 이겨내고 있는 진수는 철인 3종 경기에 도전해보겠다는 꿈을 가지고 있다.

수영(가명)이는 피아노 치는 것을 좋아해서 집에 있을 때는 밤이고 낮이고 피아노를 친다.

피아니스트처럼 상체를 앞뒤로 혹은 양옆으로 살랑살랑 흔들며 피아노를 연주하는 것을 보노라면 저 애가 정말 자폐아인가 싶을 때가 있다.

올해 열세 살인 수영이는 18개월이 될 때까지는 평범한 발달을 했는데, 어느 날 말문이 막혀버렸다. 여자아이라 그랬는지 18개월에는 발음도 똑똑하게 문장으로 말했고, 눈치도 빨라 말귀를 거의 다 알아들었다. 아빠한테는 애교만점 둘째 딸이었다.

엄마 기억에는 20개월을 지나면서 점점 말수가 줄고 부적응 행동이 생겨났다고 한다. 인지기능도 떨어져서 26개월쯤에 소아정신과를 찾아갔지만, 의사는 멀쩡한 아이를 엄마가 바보 만들려고 한다고 호통을 쳤다. 그러나 그 후로도 수영이는 점차 퇴보해서 자폐아가 됐다.

지금도 어렸을 때의 수영이를 기억하는 사람들은 왜 이렇게 됐는지 의아해한다. 24개월 이전의 사진과 30개월 이후의 사진 속에 수영이는 완전히 다른 얼굴을 하고 있다.

자폐아 중에는 수영이처럼 영유아기에 정상적으로 자라다가 30개월 전후해서 갑자기 모든 면에서 성장이 정체되고,

결국 좋았던 기능을 상실하고 퇴보하는 아이들이 있다. 올해 수영이는 발달장애 2급으로 재판정을 받았다.

수영이는 열두 살이던 작년에 초경을 경험했는데, 그날이 되면 학교에 가지 않고 집에서 쉰다. 뒤처리가 서툰 딸을 학교에 보낼 수 없어서 엄마가 며칠 동안 돌본다. 수영이는 피아노도 잘 치지만 그림도 잘 그린다. 서구적인 얼굴에 키 크고 몸매 예쁜 수영이가 피아노 독주회를 하는 날이 오면 모두들 아낌없이 기립박수를 보낼 것이다.

재원(가명)이는 엄마와 중학생 형과 함께 오래도록 한 집에서 사는 것이 소원이다. 화물차 기사였던 재원이 아빠는 비탈길에서 차와 함께 굴러 떨어지는 사고로 삼 년 전에 돌아가셨다. 아빠가 돌아가시던 그해 여름방학 동안, 재원이는 아빠 차를 타고 전국을 돌아다녔다. 아빠가 화물을 싣고 내리는 사이에는 놀잇감으로 화물차 문에 매달아준 나일론 끈을 흔들며 놀았다. 재원이는 아무 말도 할 줄 모르고 이상한 소리만 내는 발달장애 1급의 중증장애아다. 할 수 있는 일이란 끈을 요란하게 흔들며 노는 것과 책장을 두드리며 넘기는 것뿐이다.

아빠가 세상을 떠나고 엄마는 재원이가 다니는 특수학교에서 급식소 일을 했고, 방학에는 재원이와 함께 집에서 생활

했다. 하지만 여러 가지 사정으로 일 년 만에 그만둬야 했다. 아빠가 남겨준 재산은 교통보험에서 받은 사망보상금뿐이라 생계를 위해서 일을 해야 했다. 하지만 하루 스물네 시간 남의 도움을 받아야 하는 재원이를 돌보며 할 수 있는 일을 찾기란 쉽지 않다. 통장 잔고는 자꾸 줄어간다. 주위 사람들은 마음 놓고 일하려면 재원이를 장애인 시설에 맡기는 수밖에 없다고 충고하지만, 아직 열두 살밖에 안 된 아들을 시설에 맡기는 것이 엄마로서는 차마 못할 일이라 가슴이 아프다. 가족과 함께 오래오래 자기 집에서 살고 싶은 재원이의 소박한 꿈이 이뤄지길 기도한다.

장애인과 비장애인이
한마음으로

호민이는 2박3일 동안 경북 문경으로 캠프를 다녀왔다. 마지막 장마 기간이라 전국에 비가 많이 온다는 기상예보 때문에 걱정을 했지만, 다행히 문경에는 비가 거의 오지 않아 프로그램 진행이 순조로웠다고 한다.

캠프의 공식 명칭은 '한아름캠프'다. 장애인과 비장애인, 초등학생부터 일반 성인까지 누구나 함께 할 수 있는 공동체 프로그램을 통하여 장애인에 대한 사회적 편견을 줄이며, 시설에 거주하는 장애인들에게 사회 경험을 제공하고, 비장애 청소년들의 가치 있고 즐거운 자원봉사활동과 인성교육이 함께 이루어지도록 하는 것이 목표였다. 호민이는 작년에 이어 두 해째 '한아름캠프'에 참가했다.

캠프에서 돌아오자마자 호민이는 화장실로 들어갔다. 한참 동안 변기에 앉아서 볼일을 보더니 샤워하겠다며 옷을 훌렁훌렁 벗어서 욕실 밖으로 던졌다. 화장실 가는 일도 미루고 미루다가 결국은 집에 와서 해결할 정도로 예민해져서 캠프 기간 동안 주위 사람들을 얼마나 힘들게 했을까 걱정했는데, 의외로 기분은 좋아 보였다.

호민이가 샤워하는 동안, 배낭을 열고 빨랫감을 꺼내는데 작은 앨범 하나와 캠프 일정표가 나왔다. 앨범에는 조별로 찍은 사진 한 장이 끼워져 있고, 호민이가 속한 17조의 자원봉사자들과 친구들이 써준 쪽지 여러 장이 들어 있었다.

사진으로 봐선 호민이를 포함한 장애아동이 세 명, 일반 청소년이 네 명, 대학생 등 자원봉사자가 네 명이다. 호민이는 앞줄에 앉아 활짝 웃고 있는데, 그 표정이 어찌나 밝은지 모르는 사람이 보면 장애아가 아니라 자원봉사자인줄 알겠다는 생각에 혼자 웃었다. 여덟 장이나 되는 쪽지를 한 장 한 장 읽다 보니 호민이의 캠프 생활이 눈에 선했다.

To.호민 (변사장)

너의 그 환한 미소가 부담(?)스러워. ㅋㅋㅋ. (농담^^)

가끔씩 흥분하지 마. 그럼 넌 완벽해.

뭐 잃어버렸다고 울지 말고.

그리고 항상 건강하고 밝은 미소 짓길 바래.

내가 누구냐면... 넌 항상 괴롭히고 당하는 명현이형이다.

나 잊지 말고... 너의 '송'을 불러줄게.

"대한민국... 메디덴탈!" 영원하길... Bye~~

고등학생쯤으로 보이는 형의 쪽지다.^^

호민아~ 나 건영이형.

가끔씩 흥분해서 이상한(?) 손짓을 하는데, 흥분하지 마.

칫솔 사건 기억하지? 악몽이다(!!)

그 메디덴탈인지 뭔지... 휴~!!

하여튼 웃음이 매력적이야 넌~!

짜식(!!) 나 꼭 기억해야 한다. 나 까먹으면 죽어~ ㅋㅋ

그럼... -건영-

중학생으로 보이는 잘생긴 형의 쪽지다.^^

두 개의 쪽지 내용으로 볼 때 호민이는 칫솔을 잃어버리고 같은 조에 속한 사람들을 달달 볶아댄 모양이다. 칫솔을 찾기까지 얼마나 걸렸는지는 알 수 없다. 그렇지만 자기 물건에 대한 집착이 강한 아이라 캠프장은 호민이의 난동(?)으로 순식간에 아수라장이 됐을 게 뻔하다.

평소에도 구체적으로 뭐가 필요한지 또박또박 말하지 못하고, 흥분하면 오직 단어 하나만 계속 되뇌는 호민이는 그날도 칫솔에 씌어 있는 상품명 '메디덴탈'만 큰소리로 불러 댔나 보다. 그래도 칫솔이 보이지 않자, "대~한민국! 메~디덴탈!" 월드컵 구호에 '짝짝짝! 짝짝!' 월드컵 박수까지 곁들여 울고불고했을 테고... 집에서도 가끔 자기가 소중히 여기던 것을 찾다가 못 찾았을 때 붕붕 뛰어다니며 하던 행동이다.

캠프 준비물을 챙기면서 옷이나 수건에 이름을 쓰고 있는데 호민이가 칫솔에도 써달라고 해서 '변호민 꺼'라고 작게 써 줬더니, 잃어버린 칫솔을 찾는 데 도움이 됐나 보다. 칫솔이 배낭에 잘 들어 있는 걸 보면.

샤워를 끝내고 나오는 호민이한테 "호민아! 엄마 잘 봐! 대~한민국! 메~디덴탈! 짝짝짝! 짝짝!" 했더니, 달려와 두 손으로 내 입을 막으며 낄낄 웃는다.

나는 저녁 내내 "대~한민국! 메~디덴탈!"을 외치며 호민이를 놀리고, 호민이는 그때마다 "칫솔 잃어버리고 울면 안 돼요!" 하며 새끼손가락을 걸고 약속했다.

'한아름캠프' 참가자는 일반 초중고 학생이 많다. 중학생 이하 참가자 중에는 자기 의사와 상관없이 부모의 강요로 참가하는 학생들이 더러 있다. 하지만 장애아를 어떻게 대할지 몰라 어색해하던 아이들도 2박 3일 동안 장애인 친구들과 함께 생활하고 나면 하나같이 똑같은 말을 한다. 장애인 친구들을 도와주러 왔다가 오히려 많은 것을 배우고 얻어간다고… 다음 해에도 꼭 참가하고 싶다고. 실제로 '한아름캠프' 인터넷 카페에는 작년에 이어 두 해째 참가했다는 학생들의 글이 많다.

싫다는 자식을 억지로 캠프에 참여시킨 부모들은 지식을 습득하는 것만큼이나 인생을 풍요롭게 해주는 무언가가 있음을 체험으로 알아가길 바랐을 것이다. 아이들은 기대를 저버리지 않았다.

늦은 밤, 곤히 잠든 아이 옆에서 함께 캠프에 참가했던 사람들이 호민이한테 써준 쪽지를 한 장 한 장 읽고 또 읽는다. 환하게 웃고 있는 사진 속 사람들을 오래오래 들여다보았다. 참 고맙다.

6부
·

땅만 보며 무작정 한 발짝씩

이만하길
다행이야

돌아가신 친정할머니가 자주 하시던 말씀이 있다.

"옛날 사람들은 눈알이 쑥 빠져도 '이만하길 다행이다' 한
단다."

세상살이에 아무리 큰 시련이 와도 자연 앞에 순응하며 묵
묵히 살아온 우리네 선조들의 지혜와 해학이 그려진다.

짧은 세월 살아오면서 할머니의 그 말씀은 내 가슴에 살
아남아, 어렵고 힘든 일이 닥칠 때마다 힘이 되었다. 두 아이
를 잃었을 때도, 하나 남은 금쪽 같은 아들이 평생 장애를 짊

어지고 살아야 한다는 청천벽력 같은 소리를 들었을 때도, 장애아이 키우며 오만 가지 억울하고 답답한 일을 당했을 때도, 할머니께서 하신 말씀이 생각났었다.

'이만하길 다행이야.'

그런데, 그 말은 스스로에게 할 때만 진정한 위로가 된다. 내게 닥친 아픔과 고난을 위로한다고 다른 사람이 그 말을 하면 반대 효과가 나타난다.

"이만하길 다행이라 생각하세요."

"당신보다 더 못한 환경에 처한 사람을 보세요. 어때요? 이만하길 다행이지요?"

그런 말은 위로가 아니다. 더 큰 고통으로 비수가 되어 가슴 깊이 꽂힐 뿐이다.

결혼의 기쁨은 겨울 햇살보다 짧게 지나가고, 긴 시간 동안 켜켜이 밀려오는 아픔으로 내 이성은 늘 제자리를 찾지 못했다. 아픔이 쌓일수록 대상도 알 수 없는 분노는 커져만 갔다. 시도 때도 없이 자기 연민에 사로잡혀 생명줄을 놓고 싶은 유혹에 끌려다닌 날도 부지기수였다. 그때는 사람들의 어떤 위로도 소용이 없었다.

　시간이 흘러 내가 나를 용서하고 오랜 죄책감에서 벗어났을 때, 그제야 위로의 말이 귀에 들어왔다. 나는 웃으며 세상과 악수할 수 있었다.

　언제부턴가 나는 아픔 당한 사람을 말로써 위로하지 못한다. 그저 손 한번 잡아주고, 등 한번 쓸어주는 것으로 위로를 전할 뿐이다. 그들의 아픈 가슴을 고스란히 안고 돌아와서, 내 기도 시간에 그것들을 조심스레 끄집어내어 하나님 앞에 펼쳐 놓는다.

　'이들의 고통과 좌절을 살펴주소서. 저 성난 가슴을 당신의 사랑으로 위로하여 주시고, 당신이 주시는 새 힘으로 다시 일어나 세상을 걸어가게 하소서'

　세상살이 달관한 듯 느긋하게 살아내다가도 예상치 못했던 복병이 나타나 턱턱 걸려 넘어질 때가 있다. 이때야말로 내가 나를 위로할 때다. 툭툭 털고 일어나 한마디 던진다는 것이 할머니께서 하신 그 말씀이다.

　"그래, 이만하길 다행이야!"

샬롬!

크든 작든 나와 관계를 맺은 사람들이 행복하고 평화롭게 살아가길 바라는 마음속에는 내 이기적인 마음도 함께 들어있는 것은 아닐까? 문득 이런 생각을 한다. 그들의 불행과 고단한 삶을 바라보고 있노라면 내 마음도 덩달아 아프고 때로는 그들과 함께 지쳐간다. 그런 경험들이 반복되다 보면 왠지 그들과의 만남을 피하게 되기도 해서 마음에 죄책감을 덧보태곤 한다. 이러다 보니 부담 없이 만나서 편하게 지낼 수 있는 사람을 찾게 되는데 그때마다 영락없이 내 속마음은 '너 참 이기적인 인간이구나?' 확인하려 든다.

그녀를 안 지도 10년이 넘었다. 어느 날 그녀한테서 전화가 왔다. 식당 개업을 했으니 한번 다녀가라고 한다. 조만간에 꼭 들르겠다고 대답해놓고는 차일피일 미룬 지가 얼마나 됐을까. 하필이면 비 많이 오는 날 저녁에 아들 아이 앞세워 세 식구가 갔다. 그녀의 가게는 초저녁에 문을 열고 새벽까지 일을 하는 자그마한 고기집이다.

'1차'로 오는 손님들은 저녁밥보다는 연탄불에 고기 구워 소주로 배를 채우는, 주머니 가난한 가장들이 대부분이고, 자정 넘어 '3차' 오는 손님들은 이미 기분 좋게 취한 상태로 들어와 새벽까지 자리만 지키다가 돌아가기 일쑤라고 한다. 종업원이래야 달랑 주방 아주머니 한 분뿐이다. 여름인 데다 경기가 바닥을 치고 있으니 손님도 드문드문 찾아와서 둘이서도 감당이 된다는 말에 가슴이 아렸다.

그녀는 3년 전인가 남편과 사별하고 보험설계사 일을 했다. 가까운 사람한테조차 아쉬운 소리 못하는 여린 성격이라 영업 실적이 신통치 않았나 보다. 찾아오는 손님 기다리는 일이라고 쉬울까마는 생계가 막막하니 뭐든 일을 해야 했으리라. 영업 중이던 식당을 인수받아 간판도 그대로, 인테리어도 그대로 사람만 바뀐 채 장사를 한다. 고등학생인 딸과 중학생 아들 남매를 두었다. 아이들은 심성이 착하고 고와서 잘 자라고 있다니 다행스럽다. 식당은 기존에 있던 단골들도 있고 그녀를 아는 사람들이 일부러 멀리서도 찾아와주어서 장사는 그럭저럭 된다며 오히려 우리를 안심시킨다.

육식을 즐기지 않는 남편은 그날따라 메뉴판에 적힌 고기를 종류대로 주문해서 구워 낸다. 나와 아들을 핑계 삼아 음료수도 이것저것 자꾸 가져오라 한다. 두어 시간 앉아있어도 우리 식구 외에는 손님이 들지 않아, 주인인 그녀와 밀린 얘기를 많이도 했다.

아이가 집에 가자고 보챌 즈음, 마침 남자 손님 셋이 우산을 접으며 들어왔다. 그녀와 인사를 나누는 품새가 단골인 듯 정겹다. 우리는 자연스럽게 자리에서 일어섰다.

"조심해서 가, 고마워. 또 와."

차 있는 데까지 따라와서 인사를 건네는 그녀에게 어서 들어가라고 손짓을 했다.

"다행이다 그쟈? 우리 나오기 전에 손님이 와서."

남편의 목소리가 맑다. 그녀가 평안해 보여서, 잘 견뎌내고 있는 모습이 듬직해서 우리 마음도 덩달아 가벼웠다.

내 이름으로 된 책이 나왔을 때 올케언니가 전화로 나에게 말했다.

"아가씨가 잘 살아주고 있어서 우리가 참 고마워요."

그 말을 처음 들었을 때는 사실 좀 아리송했다. 내가 잘 살고 있는데 왜 올케가 고마워하는가? 그녀네 식당에 다녀오고 나서야 올케가 한 말이 무슨 뜻인지 알겠다.

그녀의 남편이 돌아가셨을 때 소식을 듣고도 얼른 만나러 가지를 못했다. 장례 끝나고도 집으로 딱 한 번 찾아가고는 더 이상 만나지를 못했다. 서로 사는 게 바빠서 그랬다고 핑계를 대지만 내 속마음은 그게 아님을 잘 안다. 그녀를 마주할 자신이 없어서였다는 것을.

뭔가 도움될 만한 것을 가져다 손에 쥐어 줘야할 것 같았지만 내 형편에 딱히 마땅한 게 없었다. 빈손으로 그녀를 만난다는 것이 도리가 아닌 것 같았고, 말주변도 없어서 다독다독 위로하지도 못할 게 뻔하다. 한편으론 사람의 위로가 필요할 것 같지도 않았다. 그런 저런 생각만 하다가 시간이 흘렀다. 간간이 아는 사람들한테서 그녀의 소식을 전해들은 날이면 기도 시간에 그녀의 평안을 비는 정도였다.

만약 풍문으로라도 남편도 없는 그녀가 호의호식하며 아이들과 잘 살고 있다는 얘기를 들었더라면 한달음에 그녀를 만나러 갔으리라. 그러나 그녀의 살림은 남편이 떠나기 전부터 기울었고, 급기야 아파트를 처분해서 오래된 단독주택 2층에 전세로 내려앉아 있었다. 그녀를 마지막으로 만난 것이 한여름 뙤약볕이 연일 내리쬐는 여름의 한가운데였다. 단열도 제대로 안 된 낡은 집 2층은 앉아있기가 어려울 정도로 뜨거웠다. 당장 아이들과 생계를 이어가야 하는 그녀를 두고 돌아서는 걸음이 무거웠던지라 다시 마주할 용기가 없었던 것이다.

오늘도 주위 사람들에게 '평안을 빕니다.'라는 인사를 건넨다. '샬롬!' '당신에게 주님의 평안을…' 메일이나 편지 끝에 습관적으로 이런 말들을 적어 넣는다. 곰곰 생각해보면 이런 말 속에는 '당신이 평안해야 내가 평안합니다. 그래서…'라는 의미가 담겨있는 듯하다.

정말 남기고
싶은 것은

개그맨 김형곤 씨가 급사했을 때, 과도한 다이어트 때문이다, 무리한 운동 때문이다 말들이 많았다. 나는 사인이 궁금하기보다는 그가 자신의 몸을 대학병원에 해부실습용으로 기증했다는 소식에 눈앞이 확 밝아지는 듯했다. 가슴이 따뜻해졌다.

그의 초등학생 아들은 아버지의 영정을 들고 힘겹게, 그러나 침착하게 운구행렬을 앞서갔다. 아이는 시신을 기증한다는 것이 어떤 의미인지 알기나 할까? 유족은 고인의 뜻에 선뜻 동의할까? 사후에 화장하라는 부모의 유언이 있어도 유족들이 유교적 가치관에 얽매여 매장을 강행하는 예를 심심찮게 보아온 터라, 그의 시신기증이 제대로 이루어질지 염려도 되었다.

어머님께서 호적등본을 부치라고 여러 차례 연락을 하셨다. 문중에서 오래전에 만든 족보를 보완해서 다시 만드는 모양이었다. 제작비가 1인당 2만원이라니, 우리는 세 식구 6만원을 내야 한다는 당부도 하셨다.

나는 시큰둥했다. 족보에 내 이름도 꼭 올려야 하냐고 감히 여쭈었다. 어머님은 기가 막히신 듯했다.

"족보에 이름 안 올라가는 사람도 있나? 너는 우리 가족 아이가? 야가 무슨 말을 하는 기고?"

어머님의 말씀 속에는 너는 사람이 아니냐는 힐책이 들어 있었다.

"아니요, 뭐, 제 생각에는요, 저희들 이름 기억해줄 자손들도 없을 것 같고요... 저는 솔직히 후손들이 제 이름 기억 안 했으면 좋겠는데요."

앞의 말은 작은 소리로 천천히, 뒷말은 큰소리로 빠르게 대답을 드렸다. 혼잣말처럼 중얼거렸는데 어머님은 내 말을 다 알아들으셨나 보다.

"야가~ 보자보자 하니까 밸 희한한 소리를 다 한데이~. 잔

말 말고 빨리 내 말한 거나 부치라!"

그 후로도 몇 번 독촉 전화가 왔다. 어느 날은 돌아가신 지 오래된 친정아버지 함자를 묻기도 하셨다. 어렵사리 족보 보완 작업이 마무리됐다. 내 이름도 버젓이 올라갔을 것이었다. 합격자 명단에 낀 보결생 같아서 영 마뜩찮았다. 순전히 어머님의 열의 때문이었다.

남편과 나는 가끔 말싸움을 한다.

"나 죽으면 화장해서 강이든 산이든 신작로든 아무데나 뿌려."

"나는 절대 화장하지 마. 선산에다 잘 묻어줘."

"무덤에 찾아와 울어줄 후손 하나도 못 남겼으니 화장하는 게 맞아. 이건 내 유언이야."

문중 후손들이 족보에서 내 이름을 짚어가며 이렇게 말하는 것을 가끔 상상한다. '이 사람은 예전에 우리 변씨 집안으로 시집와서 아들 하날 낳았대. 그런데 그 애가 자폐증이었다네.' 참으로 끔찍하다. 스스로 주홍글씨를 가슴에 박고 있기 때문이다. 순전히 자격지심일 수도 있지만 그렇다고 아주 벗어날 수는 없다.

일점혈육인 아들이 자폐아다. 지금은 청소년이 되었다. 이제 아들의 존재가 부담스럽지 않다. 아들의 장애를 부정하지

도 않는다. 그러면서도 그렇게 우기는 것은 아마도 내 마음
저 깊은 곳에 아직 꺼지지 않은 화산이 있기 때문일 것이다.
그 화산은 내가 사는 동안 시나브로 식어갈지도 모른다.

나는 본래 이기적이고 제 잘난 맛에 사는 모난 성격을 타
고 났다. 그 위에 완벽주의 증후군까지 있다. 까다로운 성격
때문에 부모님 속깨나 태우던 딸이었다.

아들 덕분에 그늘지고 소외된 이들을 돌아보는 눈이 비로
소 열렸다. 작은 것에도 감사할 줄 아는 마음도 얻었고 평범
한 삶이 얼마나 행복한 것인지도 깨달았다. 그러고 보면 내
인생도 본전치기는 되지 싶다. 그래도 아직은 기억되고 싶지
않은 그 마음을 바꿀 수가 없다. 친구는 나더러 완벽주의자다
운 발상이라고 웃지만 어쩔 수 없다.

평소에 생각만 하던 것을 실천에 옮겼다. 인터넷을 검색해
서 '사랑의장기기증운동본부'에 회원 가입을 하고, 뇌사상태
일 때와 사후에 장기와 시신을 기증하겠다고 동의서를 작성
했다. 마음 같아서는 건강하게 살아있는 동안에 간이든 신장
이든 필요한 사람들한테 나눠주고 싶다. 하지만 누군가의 도
움 없이는 일상생활이 어려운 아이를 생각하면 이조차 과한
욕심이다. 하는 수 없이 훨씬 수월한 사후 혹은 뇌사상태일

경우를 선택했다.

　장기기증 동의서를 작성하고 나니 마음이 그렇게 홀가분할 수가 없다. 이 땅에서 내가 살아야 할 목표가 하나 더 늘어난 것이 가슴 뿌듯하다. 비록 생명이 없는 시신이나마 쓸데가 있다니 얼마나 고맙고 감사한 일인가. 참으로 다행 중에 다행이 아닌가.

　이제야 빚진 자의 심정에서 조금이나마 해방된 기분까지 든다면 지나친 생각일까? 지금부터 내 몸은 내 몸이 아니다. 사후에 누군가에게 긴요하게 쓰일지도 모를 소중하고 귀하신 몸이다.

　우편으로 장기기증카드를 부쳐왔다. 카드를 들고 흐뭇해하는데 남편이 땡감 씹은 투로 이런다.

　"당신, 쓸 만한 장기가 아직도 남아 있기는 한 거야? 걸핏하면 나하고 사느라 속이 다 썩어문드러졌다고 노래를 부르더니. 쯧쯧."

말아톤

초원이 이야기는 그의 엄마가 쓴 책 '달려라, 형진아'나 '인간 극장' 같은 텔레비전 프로를 통해서 익히 알고 있었다. 나 역시 자폐증 아들을 키우는지라 영화 속 초원 엄마의 삶에 동지애 같은 공감대가 형성되었고, 그래서 영화를 통해 내 모습을 보다 객관적으로 바라볼 수 있는 좋은 기회라 생각했다.

영화에 대한 큰 기대는 없었다. 기대보다는 오히려 우려되는 마음이 더 커 영화를 보기도 전에 내 눈과 귀는 트집거리를 찾고 있었다. 과연 자폐아와 그의 가족들을 얼마나 제대로 영화 속에 잘 담아냈을까 조바심이 났다.

자폐아에 대한 사회적 인식이 턱없이 낮은 탓에 그동안 다큐멘터리 형식으로 제작된 몇 편의 방송은 자폐아를 제대로 그려내지 못했었다. 우리 아이들의 행동이 워낙에 평범하지 않아서 보통 사람이 가늠하기 어렵기도 하지만, 자폐아에 대한 충분한 고찰 없이 방송이 되다 보니 화면에 비쳐지는 행동과 상반되는 멘트가 따라붙기 일쑤였다. 가령 아이가 낯선 곳에 갔을 때 불안해서 킥킥 웃으며 뛰어다니는 모습을 '아이가 새로운 곳에 와서 좋아서 웃는다'고 한다.

부담 없이 가볍게 볼 영화다 하면서도 혼자서 볼 자신은 없었다. 그렇다고 남편과 단 둘이 볼 영화도 아닌 것 같아서 며칠 동안 장애아 엄마들을 꼬드겨서 다섯 명이 나란히 앉아 영화를 봤다. 나를 포함한 네 명은 자폐아를 기르는 엄마들이고 한 명은 지적장애 아이의 엄마다. 우리는 볼 수도 안 볼 수도 없는 '뜨거운 감자' 같은 영화를 만나러 비장한 표정으로 영화관으로 들어섰다.

결론부터 말하자면 대만족이었다. 분명히 영화였지만 진짜 잘 만든 논픽션 다큐멘터리 한 편을 본 느낌이었다. 주인공의 연기는 자폐아 엄마인 우리가 보기에도 전혀 눈치 채지 못할 만큼 완벽했다. 함께 영화를 본 어떤 엄마는 조승우의 연기가 우리 아이들과 너무 똑같아서 섬뜩했다고 말했다.

상대방을 주시하지 못하고 언제나 허공을 향하는 초점 없는 눈빛, 끊임없이 움직이는 손가락, 경중경중 땅에 발이 닿지 않은 듯 착시현상을 일으키는 독특한 걸음걸이, 자폐아 특유의 음색까지...

〈말아톤〉은 반전에 반전을 거듭하며 마지막까지 결과를 가늠하기 어려운 스릴 넘치는 영화는 절대 아니다. 마라톤으로 장애를 극복하고 인간승리를 거둔다는 뻔한 스토리는 더더욱 아니다. 영화는 기승전결을 충실하게 지킨 초등학생의 모범 글짓기 숙제처럼 단정하다. 주인공 초원이의 어린 시절, 청소년기, 스무 살이 된 청년의 모습이 차례로 화면에 잔잔히 펼쳐질 뿐이다. 장애로 인하여 하루도, 아니 단 1초도 편할 날이 없었을 가족 간의 갈등도 대수롭잖은 일상인 듯 듬성듬성 던져두었을 뿐이다.

평범한 삶이란 과연 무엇인가? 인간사란 본래가 정답도 없고, 평범한 삶도 비범한 삶도 애초에 없었다란 것을 말해주는 듯한 감독의 의도에 큰 박수를 보낸다.

영화의 실제 주인공인 형진이가 철인 3종 경기를 완주했을 때, 누군가 내게 이렇게 말했다.

"네 아이도 뭔가 잘하는 게 있을 거야. 열심히 찾아서 노력해봐."

나는 그렇게 말하는 사람을 무안하게 할 작정을 하고 쏘아붙였다.

"네 아이나 철인 실컷 만들어라. 난 내 새끼 아까워서 저렇게 힘든 건 시키기 싫어!"

여전히 많은 사람이 자폐아는 보통 사람과 다른 특별한 재능을 갖고 있다고 오해한다. 영화 〈레인맨〉의 주인공처럼 모든 자폐인이 기억력이나 암기력이 뛰어나다고 아는 사람도 많다. 그러나 비장애인과 마찬가지로 대부분의 자폐아는 별다른 재능을 가지고 태어나지 못했다. 나는 특별한 능력 없이 태어난 대부분의 자폐를 '평범한 자폐'라고 표현한다. 청년인 내 아들도 '평범한 자폐'이다. 운동능력은 표준 이하이고 암기력이나 기억력도 보통이다.

42.195킬로미터를 서브쓰리(3시간 안에 완주)로 끝낸 초원이가 가쁜 숨을 몰아쉬며 그의 엄마한테 이렇게 말했다.

"엄마, 우리 집에 가요!"

초원에게는 달리기를 무사히 마쳤으니 다음 순서는 집으로 돌아가는 것이다. 메달도 월계관도 그 무엇도 아닌 편안히 쉴 곳. 나는 그 대사를 들으며 천상병 시인의 〈귀천〉이 생각났다.

(전략)

나 하늘로 돌아가리라

노을빛 함께 단둘이서

기슭에서 놀다가 구름 손짓하면은,

나 하늘로 돌아가리라

아름다운 이 세상 소풍 끝내는 날

가서, 아름다웠더라고 말하리라…

스무 살 청년 초원의 예측불허한 행동이 와아아~ 웃음을 끌어 낼 때는 맘껏 웃어주고, 황홀한 표정으로 얼룩말을 따라 움직일 때는 숨죽여 그 뒤를 따라 가주면 된다. 영화에서 초원이의 얼룩말은 사실 얼룩무늬 치마나 얼룩무늬 핸드백 아닌가? 그렇더라도 관객이 할 일은 그 뿐이다.

극장에서 나와 금오산 저수지를 끼고 입춘 바람을 맞으며 산책을 했다.

"오늘 소풍 어땠어?"

극장에서 너무 많이 울어서 초죽음이 되었던 엄마들은 여전히 퉁퉁 부은 눈을 애써 피하며 대답을 한다.

"소풍? 괜찮았어. 이런 소풍 자주 가자, 우리!"

어린 멘토들

언제부턴가 나는 아기들을 별로 좋아하지 않게 되었다. 아기들뿐만 아니라 임산부도 외면했다. 결혼 후 몇 번의 임신과 실패, 그리고 대단히 특별한 자폐성 장애 아들을 키우며 겪은 육아의 경험은 정말 다시 하고 싶지 않은, 생각을 되돌리기도 싫은 아픈 기억이었기 때문이다. 누군가 임신을 했다거나 출산을 한다는 소리를 들으면 가슴이 쿵쿵 뛰고 아리고 아팠다. 축하해주는 마음 한편에 덜컥 눈물이 쏟아지기도 했다. 그렇게 내 설움은 언제나 터질 듯했다.

아이들은 돌쯤에 말을 시작한다. 한번 말문이 트인 아이는 재잘재잘 쉴새없이 말을 잘도 한다. 작은 입으로 또박또박 하는 말들을 듣다 보면 또 울컥 눈물이 난다. 말이라곤 요구사항 정도, 그것도 문장이 아닌 간단한 단어로밖에 표현하지 못하는 내 아이가 서러워서다. 이런저런 이유로 나는 어린 아기들과 아기 엄마들을 애써 외면했다.

성경공부 하는 날이다. 오전 10시, 아기들과 함께 하는 외출이 쉽지 않을 텐데 모두들 시간 맞춰 잘도 모인다. 우유병과 기저귀와 장난감에 그림책까지 들어있는 커다란 가방 속에 오늘도 성경책은 없단다.

"어머~! 죄송해요. 애기물건 챙기다 보니 깜빡했어요. 호호호"

매주 한두 명은 꼭 이런다. 우리 소그룹은 모두 6명인데 임신 5개월 된 태아부터 16개월 된 아기까지 4명의 아기가 있고, 다섯 살 된 남자아이 한 명도 엄마 따라왔다. 합이 11명이다.

교회에서 소그룹 리더를 맡은 지 6년째다. 6년 전 처음 소그룹을 맡았을 때부터 줄곧 아기 엄마들과 함께였다. 어른 숫자만큼 아기들이 따라오고, 아기들과 함께 유모차와 아기용품들이 총출동을 한다. 쌍둥이 엄마도 두 명이나 있었다. 쌍둥이들 덕분에 어른과 아이 숫자가 똑같아서 아기 한 명은 내

차지가 되기도 했다.

처음 아기 엄마 소그룹을 맡았을 때는 아득했다. 이건 도무지 성경공부 모임인지 아기 엄마들 계모임인지 분간이 안 됐다. 성경공부라는 게 어느 정도는 경건한 모양을 갖춰야 하고, 또 집중해서 다른 사람 의견도 들어야 하고, 자신의 경험도 나누어야 한다. 그러나 그건 어디까지나 나만의 생각이고 바람일 뿐, 그녀들은 아기들과 더불어 너무나 자유롭게 '열린 예배'를 드리는 것이었다.

공부하다가 아기들 분유 먹이고 기저귀 가는 거야 생리 욕구에 의한 것이니 어쩔 수 없다고 치자. 숫제 아기들하고 한 패가 돼서 성경공부에는 관심도 없다. 눈 맞추고 어르고 달래고, 심지어 남의 집 아기까지 간섭하느라 리더인 나한테는 눈길도 안 준다. 기어 다니는 아기는 그래도 덜하다. 엄마 눈앞에서 놀고 있으니 최소한 자리를 벗어나지는 않는다. 뒤뚱거리며 걸어 다니는 돌쟁이 엄마들은 아예 자리에 앉아 있지도 않고 아기들 따라 밖으로 나가버리기까지 한다. 어떤 날은 임신 중인 새댁하고 나, 둘만 남겨두고 모두 사라져버리기도 했다.

아기들이 어느 정도 자라 어린이집에라도 보내고, 이제는 좀 편하게 모임을 가지려나 하고 기대를 하면 다음 해에는 또 다른 아기 엄마로 멤버 교체가 됐다. 그래서 그동안 단 한 번도 조용한 날이 없었다. 아주 어린 아기들은 성경공부 시간 동안 언제나 늘 반드시 깨어 있어서 엄마들의 관심을 독차지하려고 몸부림을 친다. 두세 살짜리 아이들은 자기들끼리 장난치고 싸워 쑥대밭을 만들어 놓는다. 소그룹 모임 한번 하면 사나흘은 치워야 집안 살림이 제자리를 찾을 정도다. 함께 식사라도 하려면 식당을 전쟁터로 만들어버려 외식도 일찌감치 포기했다.

그렇다고 나쁜 일만 있었던 것은 결코 아니다. 또래의 아기들을 키우는 엄마들은 나이에 상관없이 자기들끼리 아주 친하게 지낸다. 장난감이나 이유식, 유아용 책 구입이나 육아 정보를 서로 나누고, 아기가 자라서 필요 없게 된 물건은 더 어린 아기한테 물려준다. 첫아기를 낳은 산모한테는 먼저 출산을 경험한 엄마들이 돌아가며 살펴주고 필요한 것을 알려주어서 육아에 대한 부담감을 덜어준다. 맛있는 것 있으면 나눠 먹고 마트에도 함께 가는 눈치다. 자연스럽게 육아 동아리가 만들어진 것이다. 덕분에 나도 짐이 훨씬 줄었다. 리더가 애써 돌보지 않아도 소그룹 모임에 잘 나오고 주일에 교회 출석도 척척 알아서 잘한다.

시나브로 나도 많이 변했다. 내가 키운 것도 아니면서 갓

난쟁이들이 자라서 유치원에 간다고 하면 꼭 내 아이를 입학시키는 것처럼 설레고 기쁘다. 소그룹을 처음 맡았던 해에 세 살이었던 아이들이 초등학교에 입학했다. 입학 선물을 준비하며 또 눈물이 났다. 예쁘고 건강하게 잘 자라준 것이 기쁘고 감사해서 흘리는 눈물이다. 이제는 임산부를 만나도, 출산한 산모를 보러가도 눈물이 덜 난다. 다행이다.

교회에서는 소그룹 성경공부 반 리더를 '멘토'라고 부른다. 멘토의 어원은 호머의 《오디세이》에서 유래한다고 한다. 이타케 왕국의 왕 오디세우스가 트로이 전쟁에 출전하면서 아들 텔레마코스를 가장 믿을 만한 친구인 멘토에게 맡기고 떠났단다. 멘토는 전쟁터에 나간 오디세우스가 돌아오기까지 텔레마코스의 좋은 선생이자 친구, 상담자가 되어 그를 훌륭히 키웠다. 그 후 멘토는 지혜와 신뢰로 한 사람의 인생을 이끌어주는 지도자를 뜻하는 말이 되었다. 그렇다면 우리 소그룹에는 멘토가 10명이다. 아기 엄마들과 아기들, 그들이야말로 진정한 상담자, 조력자, 인도자다. 입때껏 진짜 리더라고 믿고 있었던 나는 그들의 멘티에 불과했던 것이다.

어린 아기들이 그 작은 입으로 "지따니~지따니~"(집사님~집사님~) 하면서 알은척을 하면 나는 번쩍 안아서 마구 뽀뽀를 해댄다. 어떤 녀석들은 어눌한 발음으로 내 이름을 부르며 졸

졸 따라온다. 그러면 나는 짐짓 못 들은 체 딴청을 부리며 내 어린 '멘토들'과 숨바꼭질을 즐긴다. 그들은 알까? 자기들이 얼마나 위대하고 유능한 내 인생의 코치들이었다는 것을.

녀석의 이름은
'엄마 아들'

그날 저녁은 평생에 잊을 수 없는 날이다. 나는 두어 달 이상 계속해오던 대로 침대에 걸터앉았다. 여섯 살인 아들은 침대에 누워 있었다. 여전히 나와 눈을 마주치지는 않았다. 아이의 두 손을 내 두 손으로 꼭 보듬어 잡았다. 몸을 약간 앞으로 숙여, 마주잡은 아이의 손을 내 가슴께로 붙였다. 그런 다음 아이의 일과를 쭉 나열해가며 취침 기도를 시작했다.

선교원과 특수교육 치료실 선생님한테서 전해들은 아이의 일상을 최대한 리얼하게 표현하려고 애를 썼다. 선교원에서 이유를 알 수 없이 약 20분간 울었다는 대목에서는 내가 마치 아이가 되어 선교원에 있었던 것처럼 엉엉 소리 내어 울었다.

"엉~엉~! 나는요, 너무 억울해요! 친구들과 어울려 잘 지내고 싶은데 어떻게 놀아야 하는지 나는 알 수가 없어요. 나는요, 너무 억울해요! 친구들은 말을 잘해서 선생님께 조잘조잘 얘기도 잘하는데 나는 말을 못해서 내가 무엇을 원하는지 선생님께 말할 수가 없어요. 나는요, 너무너무 억울하고 마음이 아파요. 친구들도 선생님도 내 마음을 몰라줘서 나는 너무 속이 상해요. 그래서 나는 매일 선교원에서 울 수밖에 없어요. 아무도 내 마음을 몰라줘요. 엉~엉~!"

그 순간이었다. 아이는 내가 잡고 있던 손을 빼더니, 그 작은 팔로 내 목덜미를 힘껏 끌어안아 침대 쪽으로 내 몸을 당겼다. 나는 엉겁결에 아이와 마주보고 누웠다. 아이는 눈물이 그렁그렁한 눈으로 나를 빤히 쳐다보며 빙그레 웃고 있었다. 아아~내 아이가 웃었다! 그리고 나와 눈을 맞추었다!

내 아이는 흔히들 '자폐아'라고 부르는 발달장애를 가지고 태어났다. 태어나서 한 번도 나와 눈을 정면으로 마주친 적이 없었다. 아니, 엄마인 나뿐만이 아니라 아무하고도 눈을 맞추지 않던 아이였다. 눈을 마주치기는커녕 누구하고도 소통하려는 의지가 전혀 없는 것 같았다.

갓난아기 때부터 모유를 먹을 때만 빼고 언제나 나에게서 등을 돌렸다. 안아주면 상체를 뒤로 힘껏 젖혀서 늘 한 손으로 등을 잡아주어야 했다. 업고 있을 때는 더 가관이었다. 마치 말을 탄 것처럼 몸을 빳빳이 세워서 늘 등을 최대한 구부린 자세로 아이를 업어야 했다.

아이가 엄마인 나조차 거부하며 혼자만의 세계에 빠져들면 들수록 나도 똑같이 내 마음으로부터 서서히 아이를 밀어내고 있었다. 겉으로는 아이한테 끊임없이 자극을 주고, 쫓아다니며 간섭을 하고, 대답 없는 아이한테 말을 걸었지만, 무의식의 나는 아이로부터 멀어지길 갈구하고 있었다.

나의 이중적인 모성을 깨달은 순간, 매일 밤마다 시간을 정해서 아이 앞에 앉았다. 처음에는 막무가내로 울면서 아이한테 사과를 했다.

"네가 아기 때부터 밤마다 운다고 화내서 미안해. 네가 말도 못하고 도저히 이해할 수 없는 소리만 질러 댄다고 무시하고 윽박질러서 정말 미안해. 네가 뭘 원하는지 네 마음 상태가 어떤지 읽어내지 못해서 많이 미안해. 종종 너를 마음으로부터 밀쳐냈던 것 진짜 미안해. 나를 용서해줘! 제발 엄마를 용서해줘!" 제발 나를 엄마로 받아달라고 애원했다.

그러기를 두어 달, 아이는 나를 받아들인다는 표시로 내 목덜미를 꼭 끌어안으며 웃어주었다. 태어나서 처음으로 아이가 나를 안아준 날이었다. 그 순간, 오랫동안 나를 괴롭히던 죄의식과 절망으로부터 해방되었다. 아이의 장애는 더 이상 내게 장애가 아니었다. 그날 나는 내 아이의 엄마가 되었다.

아이는 열다섯 살에 맹장수술을 했다. 수술 직후 아이가 마취에서 잘 깨어나지 못하는 거 같다며 간호사가 나를 수술실로 불러들였다. 의사와 간호사들이 삥 둘러서서 아이한테 말을 시키고 있었다.

"여보세요, 여보세요. 이름이 뭐예요?"

아이는 가물가물 눈도 못 뜨고 작은 소리로 겨우 대답을 하고는 자꾸 잠속으로 빠져든다. 간호사는 이대로 잠들면 큰일 난다며 나한테 계속 말을 시키란다.

"야, 변호민. 눈떠! 잠자면 안 돼. 그만 일어나자, 너 누구니?"

"변호민"

대답과 동시에 아이는 윗몸일으키기 할 때처럼 상체를 벌떡 일으켜 앉았다.

"마취도 덜 깼는데 이렇게 갑자기 일어나면 현기증 나서 쓰러져요. 누운 채로 잠만 깨우시라니까요!"

간호사가 기겁을 하며 달려들어 아이를 다시 침대에 눕힌다.

"우리는 여러 번 깨웠는데도 꿈쩍도 않더니 엄마 목소리 들으니까 단박에 일어나네요? 역시 엄마 들어오시라고 하길 잘 했네요."

간호사의 말에 내 목소리 톤이 점점 높아진다. 어디 사느냐? 어느 학교 다니느냐? 몇 학년이냐? 아이도 내가 묻는 말에 꼬박꼬박 대답을 잘했다.

"그래 그래, 우리 아들 똑똑하다. 대답도 잘하네. 너 누구라고?"

아이가 눈을 번쩍 뜨며 큰 소리로 대답을 했다.

"엄마 아들!"

수술실에 있던 의사와 간호사들이 와~아 웃으며 이랬다.

"하하하~ 자기이름이 '엄마 아들'이래, 엄마 아들! '엄마 아들'님, 이제 병실로 돌아가도 되겠어요."

내 아이는 평생 장애에서 자유로울 수 없다. 하지만 아이는 자신을 '엄마 아들!'이라고 말하며 오늘도 나와 포옹을 한다. 내 아이가 나를 '엄마'라고 부른다! "엄마, 하늘만큼 땅만큼 사랑해요~" 웃으며 나에게 안긴다. 인생, 이만하면 족하지 않은가?

첫술에
배부르랴

나는 맹꽁이었다. 상상력과 창의력이 부족하다. 타고나길 '곧
이곧대로 성격'이어서 눈에 보이는 것, 직접 경험한 것 외에
는 믿지 못했다. 거기다 초등학교 때부터 주입식 교육에 충
실히 길들여져, 내 손으로 뭔가 새로운 것을 만들어내는 것
이 아주 부담스럽다. 초등학교 때 가장 곤란했던 숙제가 상상
화 그리기나 종이 나무 찰흙 등을 이용한 만들기였다. 그때마
다 누군가 이미 완성해 놓은 것을 보고 비슷한 모양을 만들곤
했다.

이러니 발달장애라는 진단명으로 평범치 않은 일생을 살아야 하는 아이를 키우기가 고역이었다. 아이 키우는 데 정도 正道가 없기는 비장애아나 장애아나 마찬가지겠지만, 장애아 중에서도 특히 자폐성 발달장애아의 양육 사례를 찾기는 하늘의 별따기다. 자폐아 개개인의 특성이나 타고난 능력이 천차만별이기도 하지만, 자폐성 발달장애의 완치에 목표를 두고 있었기 때문에 누구도 떳떳하게 '나는 내 아이를 이렇게 키웠소.' 얘기를 못했던 것이다. 그러나 선천적인 정신장애는 치료 과정 자체가 중요한 것이지 완치가 목적이 될 수도 없고, 실제로 완치되기도 어렵다.

다행히 손재주 좋은 아빠 닮아서 아이는 나름대로 창의성을 가지고 블록으로 다양한 모양을 조립하고, 종이를 오리고 붙여서 사물의 모형을 만들어냈다. 나에겐 새로운 고민이 생겼다. 아이가 만든 것을 어떻게 교육적으로 활용해야 할지 아이디어가 떠오르지 않았다. 그럴 때마다 앞서 자폐아를 키운 부모들의 경험담을 듣고 싶은 마음이 간절했지만, 마땅한 사례집 하나 제대로 구할 수도 없었다.

어렵게 찾아낸 치료 교육 사례집들도 우리보다 장애인에

대한 연구나 복지가 몇 십 년씩 앞선 나라에서 나온 것이 대부분이었다. 그들의 양육 사례는 부모의 노력과 헌신은 물론 충분한 사회보장제도와 그들 특유의 자유로운 관습 속에서 이뤄낸 것들이라 책을 읽다 보면 공감보다 이질감이 느껴지는 부분이 많은 게 사실이다.

불과 몇 년 전만 해도 우리나라에서 장애아를 가진 부모는 사회적으로 환영받지 못했다. 이삼십 년 전에 장애아를 양육한 부모들은 가정에서나 사회에서나 중죄인 취급을 받았다고 하니 말해 무엇하리. 아이를 집안에 꽁꽁 숨겨놓거나, 겨우 집밖에 내놓는다는 것이 장애인 학교를 보내는 정도였다.

그러다가 용기 있는 부모들이 하나둘 아이를 집밖으로 데리고 나오기 시작했다. 조기교육을 통한 장애의 발견과 치료가 빨라짐과 동시에 좋은 치료 사례도 많이 알려지고 있다. 장애아를 키우는 부모 모임이 지방마다 우후죽순처럼 생겨났고, 인터넷 카페에서는 장애아를 양육하며 얻은 생생하고 귀한 정보를 아무 조건 없이 나눈다. '내 아이'보다 '우리 모두의 아이'라는 공동체의식을 가지고 기꺼이 짐을 나누어지는 부모들이 많아졌다. 영화 〈말아톤〉 이후 운동뿐 아니라 판소리나 기악 분야에서 두각을 나타내는 자폐아들의 소식이 들려오니 또한 반가울 뿐이다.

이제 우리나라 부모들도 장애 자녀가 사회의 일원으로 당당하게 살아갈 수 있도록 법과 제도를 바꾸고, 장애인에 대한 사회인식을 개선하는 운동에 주저 없이 참여한다. 크고 작은 공동체를 만들어 함께 교육하고 자녀의 미래를 준비하는 부모 모임도 생겨나고 있다.

부모들의 애타는 노력에 비해 여전히 장애인에 대한 차별과 편견의 벽은 높기만 하다. 교육 현장에서조차 비장애학생에 비해 상대적으로 소수인 장애학생은 언제나 뒷전이고, 심지어 골칫덩이로 취급받을 때가 많다. 그렇지만 어둡고 암울한 현실만 있는 것은 아니다. 내 아이를 바라보는 사람들의 시선이 다소 따뜻해지고 부드러워진 것을 느낄 수 있다. 아이의 이상행동을 보고도 놀라거나 의아해하지 않고 '영화에 나온 애랑 똑같네.' 하며 다가서는 사람들이 있어서 참 다행이다.

우리 사회도 나같이 감성만 풍부하고 현실성이 결여된, 거기다 창의성까지 부족해서 매사에 지침서가 필요한 부모도 장애아를 양육하기에 좋은 세상이 되어간다. 인터넷 검색 하나로 정보가 홍수처럼 쏟아지는 시대를 살고 있으니 말이다. 덕분에 내 아이한테 적절한 치료 교육을 찾아서 적용하는 일도 수월해졌다. 물론 경제적인 지원이 뒷받침되지 않는 사회 제도를 바꿔 나가는 문제가 떡 버티고 있지만...

첫술에 배부르랴. 아이의 장래를 바라볼 때 좀 더디더라도 인내하며 기다릴 용기가 생겼다. 내 아이가 지금보다 좀 더 밝은 세상에서, 신께서 허락하신 달란트를 마음껏 발휘하며 사는 세상이 꼭 올 것을 믿는다. 더불어 그런 세상을 만드는 일에 기꺼이 참여하며 노력하는 부모가 되기를 다짐한다. 훗날 내 아이나 절대자께 부끄럽지 않은 내가 되리라는 소망이 있어 행복하다.

숲속에서 만난
천사들

토요일이다. 아들하고 문경에 있는 드라마 촬영장에 갔다.
길을 따라 맑은 물이 흐르는 큰 시내가 있고, 산길도 잘 닦여
있어 산책하기에 좋아 가끔 다녀오곤 한다. 아들은 경중경
중 앞장서 간다. 걸음이 어찌나 빠른지 금세 시야에서 멀어진
다. 여러 번 와본 곳이라 아들도 우리가 돌아볼 코스를 잘 안
다. 좀 떨어져 걸어도 잃어버릴 염려는 없으니 눈으로만 부지
런히 아들을 쫓는다.

중간쯤 올라가는데 저만치 낯익은 차림새의 사람들이 보
인다. 파란색 조끼, S전자 봉사단이다. 시각장애인들과 나들

이를 온 모양이다. 하나같이 파트너와 팔짱을 끼고 열심히 주변 상황을 설명하고 있다. 그 중에 한 분이 아들을 불러 세우는 게 보였다.

"어머~ 쟤는 호민인데? 호민이 맞지? 반가워요~"

그 소리에 얼른 달려가서 아들 옆에 섰다. 앳된 아가씨 봉사자가 생글생글 웃고 있다.

"우리 아들 아세요?"

"네, 지난번에 함께 체험활동 했었거든요."

아들한테 누나 보고 인사도 안 하냐니까 '자폐아 답게' 건성건성 눈길도 안 주고 "안녕~" 하고는 제 갈 길을 간다.

"우리 아들이 인사성이 좀 없지요? 가정교육을 잘못 받아서 그래요. 호호호~"

너스레를 떨었다.

드라마 촬영장이 가까워질수록 파란 조끼와 일행들이 더 많이 눈에 띄었다. 눈으로는 볼 수 없지만 봉사자들의 입을 통해서 세트장을 둘러보는 사람들의 표정이 들떠 있다. 사진촬영이 가능한 임금님 의자에 앉아서 하하 호호 웃으며 기념사진을 찍는 시각장애인들을 따라 구경하는 사람들도 즐겁게 웃었다. 봉사자들은 더 멋진 포즈를 잡아주겠다며 이렇게 저렇게 주문이 많다. 그 모습이 비장애인을 대하듯 자연스럽다. 친숙한 말투와 마음을 다해 섬기는 태도로 보아 한두 번 만난 사이가 아님을 짐작할 수 있다.

은하수봉사단의 조○○님도 만났다. 문화체험행사를 취재하러 왔다며 카메라를 들어 보인다. 수수하고 사람 좋은 웃음이 한결같은 모습이다.

아들이 방과 후 활동으로 참여하는 '열린교실'이라는 프로그램이 있다. 가정복지회에서 여러 해 동안 운영해오고 있는데 올해는 주 1회 풋살을 배우고, 월 1회씩 문화체험행사가 있다.

두 프로그램 모두 S전자 은하수봉사단에서 스폰서한다. 풋살교실에 참가한 아이들은 '미리내FC'라는 멋진 로고가 찍힌 유니폼과 축구화를 협찬 받았다. 파란색 유니폼을 입은 아이들은 국가대표 축구선수보다 멋지고 늠름하다.

문화체험 가서 만들어온 작품들이 집안 곳곳에 걸려있다. 도자기로 만든 탈은 얼핏 하회탈을 닮았다. 보릿짚으로 만든 여치집은 거실 형광등에 대롱대롱, 한지로 만든 호박은 신발장 위에 놓았다. 아들은 직접 만든 작품이 하나씩 늘어날수록 스스로 해냈다는 성취감에 어깨가 으쓱 올라간다. 어느새 자신감도 따라붙어 마음이 한 뼘씩 자라는 것 같다.

빠르게 변하는 세상에 모두들 바쁜 시절을 살아내느라 제

한 몸 건사하기도 벅차다. 그 바쁘고 고된 일상의 한쪽을 뭉텅 잘라서 소외된 자들의 눈이 되고 길잡이가 되어주는 사람들이 존경스럽고 사랑스럽다.

아들하고 단 둘이 떠난 여행길에 반가운 사람들을 무더기로 만났으니 나는 세상 부러울 것 없는 부자다. 갑자기 그들이 내 친형제자매인 듯 가깝게 느껴졌다. 불쑥, 한 사람씩 다가가서 꼭 껴안아 주고 싶은 마음까지 들었다.

그러나 말이나 되는 소린가? 공기 좋고 물 맑은 산속에서 진짜로 내가 젊은 사람들을 와락 껴안아준다면 주책바가지 아줌마라고 모두들 깜짝 놀라겠지? 아쉬운 마음에 아들한테 대신 선생님들께 가서 인사드리고 오라고 시켰다.

멀찍이 서서 아들을 보고 섰는데 이 녀석 하는 짓이 영 마음에 안 든다. 건성으로 "안녕~" 하고는 저쪽에서 인사할 틈도 안 주고 돌아서 와버린다. 뉘 집 아들인지 하여튼 멋대가리 없는 녀석 같으니라고!

아들,
산을 오르다

여름방학에 아들하고 마을 뒷산에 갔다. 두 시간이면 다녀오는 짧은 거리지만 아이는 이 시간을 참 좋아했다. 뒷산에 오르는 길은 여러 갈래다. 사람들이 많이 다니고 등산로가 비교적 잘 닦여진 길을 택했다. 나무 벤치와 훌라후프 같은 운동기구가 있는 산꼭대기 쉼터까지가 우리의 등산코스다. 어른 걸음으로 곧장 오르면 30여 분이면 산꼭대기에 닿을 수 있겠는데, 운동신경이 둔하고 행동이 굼뜬 아들과 산을 오르다 보니 한 시간은 족히 걸린다.

　길은 잘 닦여 있지만, 경사가 제법 있는 산이라 올라갈 때 아이는 중간중간 자주 쉬려고 한다. 나무와 나무 사이에 걸쳐 놓은 굵은 나무 둥걸에 걸터앉기도 하고, 가만히 선 채로 올라온 길을 내려다보며 쉬기도 한다. 두 번째 산에 간 날은 산중턱에서 입술이 하얘져서 길에 철퍼덕 주저앉아버렸다. 숨을 크게 내쉬며 힘들어 하는 아이한테 힘들면 그냥 내려가자고 했다. 아이는 기특하게도 벤치 있는 곳까지 가야 한다며 일어나 다시 산을 오른다.

내려올 때는 아이를 먼저 내려 보내고 나는 5분쯤 있다가 뒤따라 내려온다. 올라갈 때와 달리 아이는 쉬지 않고 곧장 내려온다. 제 딴에는 팔을 젓는다는 것이 어깨까지 들썩들썩하며 비탈길을 내려가는 아들 뒤를 따라 내려오면 매미소리 요란한 산길이 짧게만 느껴진다.

등산한 지 일주일쯤 지난 어느 날, 산을 올라갈 때 아이는 여전히 쉬다 걷다 했다. 가파른 산이라 산허리를 이리저리 돌아가는 등산로에도 유난히 경사가 심한 곳이 있다.

족히 50여 미터는 됨직한 그곳을 지날 때 아이는 밑에서 한참을 쉰다. 쉬면서 산꼭대기를 올려다보고, 올라오면서도 자주 산꼭대기를 응시한다. 정상에 먼저 도착해서 기다리다가 좀 늦어진다 싶어 아이가 있는 곳까지 다시 내려갔다. 아이는 올라오다가 멈추기를 반복하고 있었다.

아이보다 몇 발 앞서서 직접 시범을 보였다. 산꼭대기를 자꾸 쳐다보지 말고 엄마처럼 땅만 보고 올라오라고 충고를 했다. 아이는 내 말대로 자기 운동화만 쳐다보며 한 발 한 발 걸어 올라왔다. 다른 날보다 수월하게 산꼭대기까지 올라온 자신이 자랑스러운지 산 아래를 내려다보며 선선하게 불어오는 바람에 땀을 식히며 싱긋이 웃었다.

마음먹고 산을 오르는 사람이 아닐 경우 산 밑에서 산꼭대기를 쳐다보면 언제 저기까지 다녀오나 걱정이 되어서 미리 포기하는 수도 있을 것이다. 그런데 높고 가파른 산일수록 땅만 보며 무작정 한 발짝씩 내딛다 보면 어느새 산 정상에 서 있는 자신을 만나게 되고 성취감에 스스로가 대견스러워지게 마련이다.

산행이 목적이 아닌 여행일 경우 내 발로 걸어서 정상을 올라본 기억이 거의 없다. 중간쯤 올라가다가 돌아내려 오거나, 가도 되고 안 가도 그만이라면 산 밑에서 정상을 바라보는 것으로 만족할 때가 많았다. 산꼭대기에 부는 선선한 바람을 만나지 못해 서운하기도 하지만, 다음 여행지가 기다리고 있으니 미련 없이 발길을 돌린다. 인생길도 마음대로 선택할 수 있는 여행길 같으면 얼마나 좋을까? 이 길이 아니다 싶을 때 가차 없이 발길을 돌려버릴 수 있다면.

특별한 아이를 낳고 키우며 아이가 어렸을 때 나는 자주 어서 오십 살이 되었으면 했다. 말 한마디 못하고, 욕구가 충족되지 않으면 하루 종일 막무가내로 울고 떼쓰고 도망 다니는 아이가 감당이 안 되었다. 아이와는 바늘귀만큼도 소통이 안 되었다. 혼자만의 세계에 갇혀 말도 몸짓도 호통도 소용이 없었다.

아이와 세상과 씨름하며 하루하루 살아낼 일이 막막해서 아침이 오는 것이 그렇게 무서울 수가 없었다. 그때는 더욱 간절히 어서어서 세월이 흐르길 바랐다. 내 나이가 오십이 되고, 아이도 스무 살 넘은 청년이 되면 생지옥 같은 이 삶에서 탈출할 수 있으리라. 그때는 아이가 청년이 되면 홀로 사회생활을 할 수 있을 줄 알았다. 발달장애가 뭔지도 모르는 무식한 엄마였다.

그렇게 힘겹고 벗어버리고 싶던 날들도 하루하루 앞만 보며 걷다 보니 아이는 어느새 청년이 되었다. 엄마는 미리 겁먹고 언제 저 산을 오르나 한탄하며 주저앉아 있을 때도 아이는 저 혼자 좌충우돌 세상과 부딪히며 앞으로만 내달려서 나이를 먹고, 몸이 자랐다. 이제 자기의 요구사항 정도는 띄엄띄엄 언어로 표현을 하고, 싫으면 싫다 똑 부러지게 거부할 줄도 안다. 자존감이 커지고 자기주장도 생겼다. 나 또한 아이의 장애를 온전히 인정한다. 더 이상 허망한 꿈을 좇지 않는다.

　우리에게는 아직 올라야 할 산이 멀기만 하다. 산꼭대기를 올려다보면 언제 저 산을 다 오를까, 한숨이 날 때도 있다. 그러나 이때까지 그랬던 것처럼 하루하루 최선을 다해서 한 걸음씩 걷다 보면 정상에 서서 '야호!' 크게 소리칠 날이 반드시 올 것이다. 그 날에는 외양이 좀 부족해도 괜찮겠다. 우리의 인생 여정에 반드시 올라야 할 큰 산이 하나 있었고, 우리는 그 산을 부지런히 올랐을 뿐이니까.

아들의 답장을 기다리며

1판 1쇄 발행 | 2022년 7월 1일
1판 2쇄 발행 | 2024년 6월 1일

지은이 | 채영숙
발행인 | 원경란
기획 | 강병철
편집 | 양현숙
디자인 | 이세래나

펴낸곳 | 꿈꿀자유 서울의학서적
주소 | 제주특별자치도 제주시 국기로 14 105-203
전화 | 편집부 010-5715-1155 | 마케팅부 070-8226-1678 | 팩스 0505-302-1678
이메일 | smbookpub@gmail.com
등록 | 2012. 05. 01 제 2012-000016호